마흔부터 지적이고 우아하게

마흔부터 지적이고 우아하게

품위 있는 삶을 위하여

신미경 지음

elegant life

포르체

목 차

2장 아무래도 독학이 좋다

3장 살아가는 데 도움이 되는 작은 것들

4장 우아한 교양과 낭만의 부재

5장 지적 일상을 위한 도구

6장 처음부터 잘하는 사람은 없다

〈시작하며〉

마흔의 책가방

가끔 이런 생각을 한다. 명망 있는 자리에 오르게 되어도 독일 메르켈 총리처럼 퇴근 후 직접 장바구니에 오렌지와 양배추를 넣는 시민으로 살고, 나락으로 떨어진다 해도 소설 《모스크바의 신사》의 로스토프 백작처럼 우아하게 상황을 헤쳐 나가고 싶다고. 무엇보다 사람은 매일 조금씩이라도 고운 음악을 들으며 좋은 시를 읽고 훌륭한 그림을 감상해야 한다는 괴테의 조언에 기대어 잠시나마 아름다운 순간을 온전히 누리겠노라고. 내가 읽은 책, 사람들과 나눈 대화, 눈에 담은 세상을 관찰하며 생겨난 삶의 기준을 하나하나 점검하고 새로 만드는 방법은 끊임없는 배움뿐이다.

다시 학생이 된 듯 책과 체육복이 들어 있는 책가방을 들고 회사에 간다. 구체적으로 말하자면, 지하철에서 읽을 책과 퇴근 후 요가 수업에 가려고 챙긴 가벼운 요가복이다. 하나씩 늘어 가는 흰머리와 나빠진 시력, 금방 방전되는 체력 탓에 규칙적으로 사는 나는 삶에 뚜렷한 성장을 바라기보다 유지, 관리, 보수에 집중한다. 운동과 영양소가 고루 든 끼니를 챙기는 와중에도 쉬지 않는 작은 공부가 똑같이 중요한 이유랄까. 하루에 들이는 시간은 적지만 그 면면을 들여다보면 참 많은 공부를 한다. 프로 직업인으로서 부족함을 메우는 공부에 가장 많은 시간을 할애한다. 다음으로 세계 경제 흐름, 사람들의 관심이 높은 콘텐츠나 인물, 물건처럼 시류와 세상의 기호를 파악하는 공부를 한다. 이는 내가 산골짜기에서 홀로 사는 것이 아니기 때문에 필요하다. 앞선 두 가지만 파고들면 자신을 잃고 있다는 기분이 들 때가 있다. 사는 재미를 위한, 순수한 흥미 위주의 교양 쌓기가 번아웃에서 나를 구한다.

시간표라 이름 붙인 일정표를 따라 아침 일찍 영어 공부 잠깐, 출근길에 경제 신문 읽기, 저녁 요가 수업에 참여하고, 한자는 잠들기 전 5자 익히기, 주말에는 예술과 인문학 관련 책을 읽고 틈틈이 재테크도 공부한다. 프로그래밍 언어를 배우고 싶다는 바람도 들어 있다. 욕심이 버거우면 시간표를 수정하기도 하고, 지친 날에는 쉬어 가지만 언제나 마음가짐은 하나다. '천천히 하자, 천천히'. 느리게 가더라도 멈추지만 않으면 된다. 가끔은 하고 싶은 일로 가득 채운 시간표가 삶의 위안이 될 때가 있다.

이 글은 나처럼 늘 공부하는 자세로 살고자 하는 독자와 함께하고 싶다. 내가 감화된 지적인 순간들, 나의 학습 방법인 독학, 학습 도구 등 크고 작은 이야기를 담았다. 우물 하나를 깊게 파면서 주변에 꽃도 심고 나무도 심는 마흔의 일상 학습 이야기가 사는 데 무료함을 느끼는 누군가에게 약간의 설렘이나 희망을 더할 수 있으면 좋겠다.

월요일 출근길에,

신미경

1장

이대로도 괜찮은 걸까

한 사람이 가진 개성만큼이나 사는 모습은 제각각이라 '삶에 과연 정답이 있나'라는 의문을 가진다. 분명한 목표를 가지고 나아가는 삶이 맞다고 믿지만, 요즘 나는 자꾸 안주하고 싶은 마음이 든다. 그냥 편안하게 살면 좋겠다고 말이다. 어느 쪽이든 남에게 피해주지 않고 자신이 만족하는 삶이라면 겉모습이 어떻든 괜찮지 않을까. 새로운 도전보다는 원래 잘하는 걸 하고, 좋아하던 걸 더 좋아하길 바란다. 좋게 말하면 자신만의 기준이 확실해진 것이지만, 어쩌면 변화를 거부하며 좁은 시야에 갇혀 살기 시작하는 걸지도 모른다. 내가 꽉 막힌 사람이 되어 간다는 신호인가? 그건 곤란한데… 이따금 밀려오는 무료함과 지루함이 고여 있길 바라는 나를 삭막하게 만든다. 이런 내게 필요한 건 조급하거나 화르르 불타지 않는 천천한 열정뿐이다.

잃어버린 설렘을 찾아서

“자꾸 과거를 돌아보는 사람은 금방 늙는대. 뇌는 미래를 꿈꿔야 건강하다더라.”

친구 A와 통화를 하던 중 새내기 중년이 살아가야 할 태도로 대화 주제가 심오해졌다. 나이 앞자리가 바뀐다는 이유 하나만으로 이제까지 크게 다르지 않던 삶을 새로운 눈으로 보려는 찰나였다. 평소에는 내가 몇 살인지 기억을 더듬어 봐야 할 정도로 무심했지만 이렇게 눈에 띄게 바뀌는 숫자는 앞으로 삶의 방향을 생각해 보는 분기점이 되기도 한다. 대화의 물꼬가 ‘라떼는 말이야’로 시작하는 어르신이 되지 않으려면, 자꾸 곱씹어서 너덜거리는 과거의 가장 행복한 또는 불행한 시기에 살지 않으려면 지금과 미래를 꿈꾸는 편이 옳다.

새로운 것도 없고, 사는 게 지루하다고 토로하던 우리가 갑자기 번지 점프를 하러 갈 사람들은 아니다. 타고난 기질이

익스트림 스포츠에 눈을 뜰 일 없으니 늘 하던 대로 살 터였다. 아무것도 하지 않으면서 설레는 일이 공짜로 생기길 바랄 만큼 뻔뻔하지도 않다. 낭만적인 눈빛을 보내는 타인에겐 낯선 자를 향한 경계와 무얼 영업하려는지? 의심이 먼저 움트고, 먼 친척이 유산을 남겼다는 스팸 메일은 휴지통 직행일 뿐 잠시나마 혹해서 벼락부자가 된 나의 이러저러한 모습을 상상하지도 않는다. 이유 없이 심장이 두근거리면 혹시 어디 아픈가, 걱정부터 앞서는 시기. 나는 상처 하나 없이 매끄럽게 마흔이 되지 않았다.

수다가 길어질수록 친구의 일상에 담긴 지루함과 공허함이 커져 간다. 나는 등산을 영업할 타이밍이라 판단하고 "주말에 하이킹 어때?" 가볍게 말해 본다. 어쭙잖은 조언보다 무언가를 하자고 말하는 게 나으리라. 해 본 적이 없는 것이라면 신선하겠지, 라는 생각이었다. 그러나 운동 자체를 싫어하는 이에게 산이란 넘지 못할 주제다. 나는 숲에 가면 정말 좋다고, 맛있는 차도 우려 준다며 통화가 끝나는 마지막의 마지막까지 산을 영업하지만 역시 닿지 않는다. 이쯤에서 멈춘다. 나도 오랫동안 운동을 정말 싫어하지 않았나. 내게 설레는 일이란 그냥 찾아오지 않았다. 단지 새로운 눈으로 주변을 봤을 때 생기는 신선한 자극이었을 뿐이다. 해 보기 전까지는 알 수 없는 일들이 세상에는 훨씬 많다. 내가 산에 열 번 이상 오르기 전까지 산의 매력을 몰랐던 것처럼 천천히 그 매력을 발견하는 일도 있다. 나는 한 번의 시도만으로 관두지 않게 기록이라는 손에 잡히는 도구를 쓰기도 한다. 하지만 더 깊숙한 내면에 자리 잡은 동기는 비관과 낙관이 섞인 나의 마음가짐이다. 기운 있는 젊은 사람일 때 좋아하고, 해 보고 싶은 것들을 미루지 않고 '지금' 하고 싶다. 가만히 있어도 끊임없이 흐르는 세월이 나를 움직이게 한다.

나이 들수록 총명해지는 법

아침 식사로 토스트 식빵 한 개 반 조각에 브리 치즈를 썰어 올리고, 마카다미아와 아몬드 그리고 피칸을 치즈 사이사이로 얹던 중이었다. '혹시, 매일 견과류를 먹어서 그런가?' 나는 최근 발견한 어떤 능력의 이유가 궁금했다. 브리 치즈에는 후추를 뿌리고, 토스트 토핑 위에 덴마크에서 온 봄 꿀을 스르르 뿌려 간단한 아침 식사를 완성했다. 토스트 한 입을 베어 물며 어제의 대화를 곱씹었다. 일종의 포토제닉 메모리라 하기엔 부족하고 짤막한 동영상처럼 재생되는 기억력, 한마디로 어떤 매개만 있으면 숏폼 모바일 비디오 플랫폼인 틱톡(Tik Tok)에 올라오는 영상 분량의 기억을 고스란히 떠올리는 능력이 생겼다. 타고난 것 같지는 않은데 어느 날부터 툭툭 떠오르는 선명한 기억에 놀라곤 한다.

"제가 생각해도 소름 돋을 만큼 기억력이 좋아요. 나이 먹으면 보통 잘 까먹지 않나요?"

나는 회사 동료 A와 어제 만난 관계사 사람에 대한 이야기를 요약하면서, 그 대화를 눈앞에 그리듯 심지어 대화의 일부분까지도 고스란히 떠올리고 있었다. 그때 나는 어떤 기이함을 느꼈다. 내가 원래 이토록 선명한 기억력을 가졌었나, 하는 의문. A에겐 견과류를 먹어서라는 이유로 자화자찬을 끝냈지만, 내심 알게 모르게 했던 두뇌 트레이닝의 실재가 정말 궁금했다.

동료 B와 대화를 나누던 중에 또 기억력이 화제에 올랐다. B가 초등생 아들이 편집한 영상을 보여줬냐며, 핸드폰 영상을 들이대자마자 그 영상의 내용과 B의 아들이 가장 좋아하는 과자가 무엇인지까지 답변했다. 머릿속에는 처음 영상을 봤던 날, 식사 자리에서의 대화까지 모조리 떠올랐다. 점점 더 새로 발견한 나의 능력에 매료되어 B에게 기억력을 뽐내던 중, B는 생각지도 못한 솔루션을 제시했다.

"술을 먹어, 술 마시면 다 까먹어."

박장대소하는 나를 두고 B는 자신의 논리를 펼쳤다. 너무 많은 기억을 가지고 있으면 사는 데 피곤하고, 힘들다고. 필요 없는 기억은 지우는 게 좋다는 거였다. 사람들은 일부러 망각에 기대곤 하니까 틀린 말도 아니었다. 불행인지 다행인지 술은 입에 대지 못하는 체질이고, 몽땅 잊고 싶을 만큼 괴로운 기억은 딱히 없었다. 대신 선명한 기억력이 꼭 축복만은 아니라는 생각에 '틱톡 용량 기억력'의 흥분은 잠시 내려두었다. 이제 5년 정도 되었던가. 요가를 시작한 이후로 나는 명상에 관심이 커졌고, 짧게나마 마음 챙김의 시간을 가지게 되었다. 명상은 내게 여전히 미지의 영역이지만, 확실히 예전보다 마음의 번다함을 내려놓게 했고, 산만함을 줄였으며 집중력을 키웠다. 명상으로 극적인 변화는 한 번도 경험해 본 적 없지만, 기억력 향상에 약간의 도움이 되었을지도 모를 일이다. 견과류가 브레인 푸드라고 여겼으나 특정 음식을 먹기만 해도 쉽게 머리가 좋아질 수 있다면 이 세상 누구도 기억력 감퇴로 고생하지 않을 거다. 규칙적인 생활을 오랫동안 해 와서인가? 아니, 이 모든 것의 총합이 분명 적지 않은 영향을 끼쳤겠지만 결정적인 한 방이라고 보진 않는다.

요즘 들어 평소 관심 없던 분야에 도전하고 단번에 이해가 가지 않으면 이해될 때까지 계속 반복했던 것과 기존에 해 왔던 모든 취미에 가까운 공부들을 조금이나마 다양하게 했던 시간이 가장 큰 영향력을 지녔을 거란 합리적 의심을 한다. 일을 하며 매번 여러 캐릭터를 가진 사람들과 만나 서로 다른 생각을 교환하는 방향도 마찬가지다. 똑같은 사람이 주는 예측 가능한 지루함, 다른 말로 지나치게 편안해 더 이상 궁금하지 않을 때보다 새로운 사람, 새로운 자극은 최대한으로 머리를 쓰게 한다. 안 했던 운동을 매일 하고, 그림의 기초도 잘 모르면서 스케치에 도전하며 하루하루 색다른 일에 접근하다 보니 어렴풋이 알겠다. 두뇌를 튼튼하게 하는 법은 불편함을 피하지 않고 부딪힌다는 점이 가장 도움이 되는 것 같다고. 지적 자극만이 자꾸 뭔가를 잊기 쉬운 나이로 향해 가는 요즘의 현명한 처방이다. 지금을 만족스럽게 살면서도 건강하게 나이 들기 위해 신체를 단련하고, 마음을 수련하고, 두뇌 훈련을 멈추지 않는다.

이 시대에 태어난 행운아

집에서 파자마 차림으로 예일대학교의 '로마 건축' 강의를 듣는다. 고대 로마에서 튼튼한 콘크리트를 만들어 널리 썼구나, 기원전 79년 8월 24일에 멸망한 폼페이에 식당이 있었구나. 여러 정보를 머릿속에 주워 담으며 온라인 강의실에 첨부된 영문 스크립트를 들여다본다. 강연을 듣다 교수의 영어 발음이 잘 들리지 않으면 30초 앞으로 재생해 다시 듣는다. 말로만 들어 본 아이비리그 대학 수업을 오픈 예일 코스(Open Yale Courses)로 구글에 검색해 클릭 몇 번으로 듣고 있다니. 강연 실황을 그대로 녹화한 수업은 로그인도 필요 없고, 수업료도 없다. 말 그대로 클릭만 하면 강의실에 들어갈 수 있다. 유명한 게임 이론이나 책상 위에 가부좌를 튼 자세의 셸리 케이건 교수가 수업하는 철학 수업 '죽음(Death)'도 리스트에 있다.

요즘 세상은 공짜로 공부할 기회가 널려있다. 작가 루이스 라무르는 책 《소설가의 공부》에서 소비재와 책의 가격을 비교하며 위스키의 5분의 1 가격으로 플라톤의 《대화》를, 싸구려 셔츠 한 장 가격으로 에드워드 기번의 《로마제국 쇠망사》를 살 수 있다고 했다. 구글이 '전 세계의 정보를 정리하여 보편적으로 접근하고 유용하게 만드는 것'을 사명으로 삼아 서비스 대부분을 무료로 제공하는 이 시대는 저작권이 만료된 원서 PDF를 검색으로 찾아 다운로드하면 바로 책이 생긴다. 내 지인은 텃밭 농사를 배우기 위해 동네 종묘사나 책방을 찾지 않고 유튜브에서 각종 농법을 터득했다. 나 역시 코딩에 입문하고 싶었을 때 어떤 프로그래밍 언어를 배워야 하는지 알 수 없어 일단 유튜브에서 생활코딩 수업을 쭉 들어봤다.

일론 머스크는 "유튜브에서는 말 그대로 원하는 기술을 무료로 배울 수 있어요. 당신은 몇 달 안에 가치 있는 사람이 될 수 있습니다. (…) 이 시대에 태어난 행운아라면, 그것이 주는 모든 이익을 취하세요"라고 했다. 동감하는 바다. 돈을 주고 사지 않아도 고품질의 읽을거리, 볼거리는 언제나 있다. 온라인뿐 아니라 도서관 역시 오프라인에서 똑같은 역할을 한다. 풍요로운 공짜 지식 시대에 내게 없는 것은 돈이 아니라 시간이다. 아니, 지구력이다. 예일대학교 로마 건축 수업은 열여

개 강의을 끝으로 더는 출석하지 않았다. 아무도 출석 체크를 하지 않는 열린 수업의 결말은 언젠가 이어서 들으면 되지, 라는 나와 지키지 못할 약속으로 남는다.

원하면 무엇이든 쉽게 배울 수 있는 세상에서 장르를 가리지 않는 폭넓은 관심을 공기처럼 두고 일상을 산다. 그러다 보니 산만한 호기심이 끊이지 않는데, 가끔 지나치게 넓은 범위에 관심 있는 내가 피곤하다. 그래서 반대의 경우는 생각지도 못했다. 한 도서관에서 취미를 주제로 강연을 의뢰받은 적이 있다. 그때 담당자는 취미 소모임을 운영하면서 꽤 많은 참여자가 '자신이 무엇을 좋아하는지 모른다'는 말을 한다고 전했다. 어떻게 하면 좋아하는 것을 발견할 수 있는지, 그걸 알려 주었으면 한다며 강연 자리를 마련한 계기를 설명했다. 정확히는 푹 빠져 있는 특별한 취미가 없다는 뜻일 터다.

그때는 오래 고민하지 못한 답을 내놓았다. 이제는 확실히 알겠다. 좋아하는 것이란 처음에는 작은 신호에 불과하다. 반짝임을 놓치지 않고 내 것으로 만드는 일, 일단 시도해 보고 관심이 경험으로 켜켜이 쌓여 비로소 '내가 좋아하는 것은 무엇'이라고 확실히 답하게 되는 모든 교양을 의미한다. 조금만

품을 팔아 큰돈 들이지 않고 많은 것을 배울 수 있는 시대를 누리다 보면 알게 된다. 좋아하는 것은 어느 날 다가온다. 붙잡아 두는 것은 언제나 내 몫이다.

제너럴리스트의 기질

'앞으로 나는 어쩌지, 어떻게 살아야 하지?' 불쑥 이런 고민이 찾아올 때면 참 막막하다. 여기서 삶의 의미까지 파고들면 눈앞이 캄캄해지고 만다. 누군가 "되는 대로 살겠다"고 말해 공감의 물개 박수를 치기도 했지만, 분명한 계획이 주는 안정감이 필요한 내겐 어려운 접근이었다. 오래전 인생의 지도를 만들고자 여러 책을 읽던 중에 《인생학교 일》에서 '르네상스 제너럴리스트'란 단어를 처음 접했다. 동시에 여러 직업을 가지는 사람이란 뜻으로 자신이 가진 재능을 계발해 완전한 인간이 되고자 했던 르네상스 시대의 이상적인 인간형에서 따온 말이다. 단어를 접한 이후 복수의 직업을 가지는 편이 불안함을 떨치는 길이라 여겨 여러모로 분투하게 된 계기가 되었다. 여러 기술을 연마해 꺼내 쓸 삶의 도구는 다양하면 좋고, 몇 가지의 직업은 보험처럼 든든할 테니까.

도대체 르네상스 인간이란 뭘까. 그 의문은 한동안 나를 따라다녔다. 완전한 인간이라는 다가갈 수 없는 수식보다 얼추 비슷하게 흉내라도 낼 수 있도록 더 구체적인 예시가 필요했다. 스위스 문화사학자인 야코프 부르크하르트의 《이탈리아 르네상스의 문화》를 읽던 중에 참고할 만한 사례를 발견했다. 당시 이탈리아 지배 계층인 궁신(宮臣)의 교양에 대한 설명이었다. 그들은 달리기, 수영과 씨름을 비롯한 갖가지 품위 있는 운동에 능해야 했고 특히 춤 솜씨가 좋아야 했다. 말을 기품 있게 타야 하며 최소한 이탈리아어와 라틴어를 능숙하게 구사함은 물론이었다. 문학, 조형미술에도 일가견이 있었고 대가에 버금가는 일정한 음악 연주 실력까지 갖춰야 했지만, 그 능력을 될 수 있는 한 숨겨야 했다고 한다.

숨 막힐 정도로 많은 재주를 요구하는 이들의 덕목 중 몇 가지를 21세기 상황에 맞춰 바꾸면 이 시대에도 인정받는 이상적인 인간상이다. 지적, 신체적, 예체능을 아우르는 능력자. 교양 넘치는 환경과 충분한 교육 기회를 가진 축복 받은 삶이다.

내가 르네상스 인간에 대한 설명에서 밑줄을 그은 곳은 '능력을 숨긴다'는 부분이다. 우아함은 거기에 있는 게 아닐까.

어떤 상황, 장소든 적절한 행동을 하고, 대화할 때 배려가 몸에 밴 고상한 사람이 연상된다. 날 때부터 그런 몸가짐을 가지고 태어날 리 없는, 습득한 태도. 교양의 본질일지도 모르는 이 태도가 내게 르네상스 인간이 능력주의를 넘어선 아름다운 삶의 모습이란 환상을 심었다.

르네상스 인간을 알게 된 후로 평소 흥미 없는 분야라도 시도부터 했다. 대표적으로 운동과 악기인데, 여기에 아무런 소질이 없어 어린 시절 피아노 레슨과 체육 수업이 몹시 괴로웠다. 성인이 되고 단지 르네상스적 교양인이 되겠다는 집념으로 피아노 학원, 수영 센터, 요가원을 찾는다. 재능 없는 분야다 보니 실력이 늘지 않아도 마음에 심한 타격이 없다. 애초에 거는 기대가 없어서다. 여러 분야를 두루 알아 가는 편이 즐겁긴 해도 '특출난 재능이 있었더라면 이렇게 안 되는 줄 뻔히 아는 과목에 시간을 들여 매달리고 있을까?' 하는 자조 섞인 의문은 피할 수 없다. 스페셜리스트처럼 하나에 집중하는 심플한 삶이 부럽기도 하다. 피아니스트 조성진이 지휘를 배우고 있다는 소식을 접했을 때 그의 영역 확장이 내심 반가웠는데, 그는 통영에서의 지휘를 끝으로 선을 그었다. '(지휘에) 재능 없음'으로. 그런 단호함이 스페셜리스트의 면모인 건가.

시간은 한정되어 있어 여기저기 관심을 가지다 보면 이도 저도 못 하는 사람이 될 것 같다. 그런데 성취라는 욕심을 걷어 내면 여러 가지를 하거나 해 볼 줄 아는 쪽이 확실히 즐겁다.

직업 부자가 될 수 있다면

걱정 대신 대비를. 나이와 안정감이 비례하는 이유는 불안에 현명하게 대처하는 법을 알아서다. 서른 중반 무렵까지 많은 걱정을 안고 살았지만, 점점 그럴 필요가 없음을 알았다. 노화, 실직, 갑작스러운 주변인의 죽음처럼 다가오는 모든 일을 막을 도리는 없다. 일어나지 않을 일을 상상하며 불안에 떠는 것도 잠깐이면 충분하다. 어떻게 하면 미리 준비할 수 있지? 그런 물음을 지닌 채 살아간다. 이 많은 불안한 가능성 중, 내겐 실직이 가장 크다. 성인이 되고 나서 오랫동안 나를 먹여 살리려고 안간힘을 쓰고 살다 보니 잠깐이라도 일을 하지 않으면 불안이 찾아왔다. 모아 놓은 비상금이 있을지라도 미래에 입금이 될 건수가 없는 상황이 심리적 고통이었다. 재정적 불안은 둘째치고, 일을 하지 않으면 사회에서 쓸모없거나 잊힌 존재처럼 여겨지기도 했다. 나는 돈으로 치환되는 어떤 인정을 바란다. 무엇보다 백수 생활을 꿈꾸면서도 꿈꾸지 않는 까닭은 아무 일도 하지 않는 나를 심심해서 견딜 수 없기 때문이다.

제너럴리스트로서 독서 습관에서도 그 기질을 어김없이 발휘한다. 출근길 지하철에서는 경영, 마케팅 관련 책을 읽고 잠들기 전에는 예술이나 철학서, 주말에는 소설이나 재테크 관련 서적 또는 건강법을 알려 주는 실용서를 읽는다. 여러 주제를 왔다 갔다 하지만 대체로 책은 끝까지 읽고 있다. 내용이 전혀 와닿지 않아 사선 읽기를 할지라도 마지막 장까지 넘겨야 미련이 남지 않는다. 이런 독서 방식 때문에 의외의 발견을 한다. 바로 다분야에서 곧잘 튀어나오는 괴테다.

소설 《젊은 베르테르의 슬픔》, 괴테 지음

경제 관련 책에서는 신용 거래를 처음 고안해 낸 괴테

또 다른 경제서에서 바이마르 재무 장관 괴테

어느 날 KBS 클래식FM 라디오를 들으며 책을 읽던 와중 괴테의 시에 베토벤이 곡을 붙였다는 설명, 시인 괴테 또는 작사가 괴테

디자인 관련 공부로 색채에 대한 책에서 발견한 "컬러를 연구한 괴테는…" 색채 연구자 괴테

이쯤 되면 괴테라는 집안의 여러 괴테겠지, 설마 내가 유일하게 제대로 아는 대문호 괴테는 아니겠지, 의심에 이른다. 그의 전체 이름과 생몰년을 확인한다. 모두 한 사람이다. 구글 검색을 해 보니 그가 가진 30여 개의 직업 목록이 주르륵 나열된다. 작가라는 카테고리에 겹치는 직업도 있긴 하지만, 작가임과 동시에 과학자이자 정치인이라는 건 다른 이야기였다. 괴테 같은 삶이라면 단 한 순간도 지루할 리 없을 것이라는 생각이 든다.

한번 시작하면 끝까지 가져간다는 마음으로 예전에 가졌던 직업을 잘라내진 않는다. 그 일이 싫어질 때도 분명 있지만, 기회가 주어진다면 언제든 다시 시작하는 마음으로 할 수 있다. 내가 첫 삽을 떴던 커리어로는, 대학생 때부터 칼럼니스트로 어디에서든 글을 썼던 점인데 그 후 매거진 에디터로 사회생활을 시작해 홍보와 마케팅 영역에서 일하는 것으로 이어졌다. 여전히 모두 할 수 있는 사람으로 산다. 작가로서의 일도 끊임없이 해 나가며 종종 강연도 하는. 그래서 직업을 다섯 가지 정도는 가지고 있는데 앞으로 다섯 가지 정도는 더 만들어보고 싶다는 야망을 품는다. 《혼자의 가정식》이라는 책을 내고 요리 선생님에 도전해 보기도 했다. 언제나 처음은 영혼이 탈탈 털릴 만큼 힘든 경험이지만, 그래도 나는 기회만 생기면 또 요리 선생님을 한다고 나설지 모른다. 마치 괴테처럼 여러 영역에서 활약해 보면 더 좋을 거 같아서. 실직 불안도 덜고, 재미도 채우고. 어릴 적 바랐던 장래 희망이 꾸준히 이어지지 않듯이 미래의 내가 지금의 직업을 계속 이어 나갈지는 알 수 없다. 다만 내가 하는 모든 도전은 한마디로 변화를 두려워하지 않는 방법에 가깝다. 뜬금없는 움직임들이 앞날을 지루하지 않게 만드는지라 오늘도 내가 당장 할 수 있는 일을 하면서도 미지의 영역에 눈을 돌리고 있다. 한번 해 본 일이 새로운 일이 되고, 그 일에서 적은 돈이나마 벌 수 있다면 어떤 인정받은 기분이 들어 좋으니까. 각 직업마다 경력이 다르므로 얻는 보상도 다르다. 그래서 가끔은 '이 일을 하는 시간에 저 일을 하는 쪽이 단순 계산으로도 훨씬 이득이잖아' 생각할 때가 있긴 하나 잠깐이다. 앞날은 모르는 일이라 두루두루 해 두는 쪽이 든든하다. 무엇보다 나를 여러 관점에서 생각할 수 있는 사람으로 만든다.

어쩌면 이런 접근법은 내가 '요즘 사람'이라 그럴지도 모르겠다. 지금은 여러 직업을 가지지 않으면 살 수 없는 세상이다. 완전 고용이나 평생 고용을 보장받지도 못하고, 인플레이션은 항상 월급만 비켜 간다. 월급은 쉽게 오르지 않는다. 수명은 길어졌다. 그래서인지 사람들은 하나의 직업으로 안정감 있게 살지 못한 채 우리나라에서는 'N잡러'가 되는 법, 미국에서는 '사이드 허슬(Side Hustle)'을 만드는 법이 인기를 얻는다. 게다가 코로나 시대를 겪으며 여행업계처럼 직격탄을 맞은 업종도 생겨났다.

딱 하나만 바라보고 사는 건 더 이상 맞지 않는 시대 모델이 되어 버린 셈이다. 세상이 예측 불가할 정도로 지나치게 빠르게 변하는데 내가 가진 기술이 단 하나뿐이라면 도태될 수밖에 없다. 그런 불안감이 나를 지배하는 게 싫어 생동감 있게 살려 하지만 가끔은 피로할 때가 있다. 그때를 위해 회복의 시간을 부러 안배해 놓는 점도 내가 지금까지 살아오며 쌓은 지혜다. 나는 하나의 직업보다 열 개의 직업을 갖고 사는 편을 꿈꾼다. '인풋'만 넣는 자기 계발은 재미없고, 많이 배우고 연습했으면 '아웃풋'을 내놓고 세상의 반응을 궁금해하는 게 당연하다. 앞으로 직업 리스트에 무엇을 더 담을 수 있을지 곰곰이 그려 본다.

천재적인 기웃댐

나보다 뛰어난 사람을 마주하면, 가끔은 단순히 병뚜껑을 잘 연다는 이유만으로도 감탄이 뒤따른다. 잘하는 것 이상으로 인간의 능력을 넘어선 듯한 창의력과 생산성을 가진 사람을 만나면 경이롭다. 그런 사람이 되고 싶다는 바람을 가지는 것도, 질투 따위는 나지도 않고, 그냥 그가 어떤 사람인지 궁금해지기만 한다. 스티브 잡스의 롤 모델이었다는 레오나르도 다빈치는 오늘날에도 모르는 사람이 거의 없는 천재의 대명사다. 다빈치의 이미지는 너무 많이 소비되어 나는 그가 어떤 면에서 뛰어난 사람인지 알고 싶다는 바람은 없었다.

파리 루브르 박물관에 갔을 때 세로 77cm, 가로 53cm의 작은 그림 앞에 유독 사람들이 모여 있었던 기억, 나 역시 〈모나리자〉가 어떤 그림인지 확실히 몰랐음에도 엄청난 유명세 때문에 꼭 봐야겠다고 사람들 틈에 끼어 있던 날이었다.

〈모나리자〉를 직접 두 눈으로 관람한 지 10년이 지나 스티브 잡스 전기를 쓴 작가 월터 아이작슨의 《레오나르도 다빈치》를 읽었다. 다빈치의 일대기를 다빈치가 다방면에 가진 광적인 호기심, 끝없는 실험과 이론 습득이 빚어낸 걸작을 중심으로 서술한다. 다빈치는 예술가보다 과학자에 가까웠고, 그림도 그릴 수 있는 사람이었다. 과학자, 군사 기술자, 무대 예술 기획자 등의 직업을 가진 그는 현악기인 리라 연주 실력 역시 훌륭해 밀라노 궁정에 사절단으로 보내질 정도였다.

《엘 코덱스 로마노프》에는 그가 요리에도 관심이 있어, 먹을 수 있는 끈인 오늘날의 스파게티를 만들었으며 그것을 먹기 위해 이가 세 개인 포크 등을 만들었다고 한다. 나는 한 사람이 가진 엄청난 재능에 눈물이 날 지경이었다. 판타지 소설과 우화를 쓰기도 했다는 소소한 성취는 이야깃거리도 되지 않을 정도인데 다빈치는 이 모든 관찰과 구상을 약 8천 페이지에 달하는 노트에 기록해 후세에 남겼다. 그는 옷도 잘 입는 미남이었고, 작업실에서 하는 연구 외에도 늘 허리춤에 작은 노트를 매달고 거리를 거닐며 사람을 관찰하고 자연에서 발견한 새로운 현상을 적는 하루를 보냈다고 한다.

6백 쪽이 넘는 다빈치의 이야기에 푹 빠져 있다가도 나와 비교를 멈출 수 없었다. 나의 기웃댐과 천재는 뭐가 다른지 궁금했다. 나는 호기심이 적지 않았지만 다빈치처럼 "딱따구리의 혀를 묘사하라"고 자신에게 주문하지는 않았다. 내 호기심은 이 세상의 좋아 보이는 것들을 흡수하는 데 집중되어 있었기에 순수한 궁금증은 아니었다. 다빈치는 지식의 유용함 여부와 상관없이 자신의 즐거움을 위해 관찰과 연구에 몰입했지만, 나는 어떤 공부든 보상을 바랐다. 가장 큰 차이점이 있다면 그의 관찰법 중, "첫 번째 단계가 뇌리에 확실히 새겨지기 전에 두 번째로 넘어가지 말 것"이란 조언에서 찾을 수 있다. 조금만 어려워지면 그만두거나 이해하지 못했는데도 다음 단계로 넘어가는 나였다. 이해할 때까지 붙들며 집요해지는 구석이 없고, 똑같은 것을 반복하면 몹시 지루했다. 스페인어를 배울 때는 동사 변형이 많아지자 흥미를 잃었고, 고등학교 때부터 대학생 때까지 만년 초급반이었던 일본어도 마찬가지다. 끈기 없는 기웃댐은 경험이나 추억으로 남을 뿐 삶의 기술이 되어 주지는 않는다. 일단 해 본 다음 삶이 나에게 가져다 주는 걸 보겠다는 각오는 실상 허무하다. 원하는 수준에 이르기까지 지루함을 견디며 마무리 짓는 습관을 들이지 않는다면 나는 관 뚜껑을 덮을 때 "무엇이라도 완성된 것이 있는지 말해봐…말해봐…"• 라고 말할지도.

내가 무엇을 잘하는지 알아보는 맛보기식 가능성 탐구는 이쯤에서 그만두기로 한다. 그 가능성이 몇 번의 시도만으로 끝난다면 어떤 가능성도 발견하지 못함이 밝혀졌으니까. 타고난 능력을 무시할 수 없지만, 이 세상의 기술은 훈련 시간과 비례해 발전한다. 이전까지 살았던 방식 그대로 앞으로를 산다면 나는 똑같은 사람으로 남을 뿐이다. 이제 내겐 한번 물면 놓지 않는 용맹한 강아지 같은 기개가 필요하다.

• 다빈치는 곧잘 다른 관심사로 옮겨간 까닭에 완성되었더라면 걸작이 될 뻔한, 그리다 만 작품이 많다고 한다. 그는 완벽주의자였고 그래서 끝맺음이 어려웠다. 그의 노트에 "무엇이라도 완성된 것이 있는지 말해봐…말해봐…"라는 말이 적혀 있기도 했다고 한다.

꽃과 채소의 공통점

내가 성실히 회사를 다니고, 시간을 쪼개 작가로서 커리어를 쌓는 동안 정작 살고 있는 동네와는 이렇다 할 유대가 없었다. 지금 동네에서 10년 정도 살았는데도 굴러온 돌인 관계로 이곳에 같은 학교를 나온 동네 친구가 없고, 근처에 가족이 사는 것도 아니라 정말 투명 인간 그 자체다. 지금 당장 이사를 간다 해도 나를 가끔이나마 떠올릴 사람은 미용실 원장님과 세탁소 사장님뿐일 것이다. 문득 '당근마켓' 게시판에 글을 써서 동네 차 모임이나 등산 모임 같은 걸 조직하면 어떨까, 미성년자를 제외하고 나이 불문 같은 이름을 가진 사람들의 모임이라도 꾸려보면 어떨까 싶을 정도로 사는 곳과 연결을 바랄 때도 있지만 업무에 치이고 살림을 하다 보면 집에 돌아와 드러눕기 바쁘다.

스스로 소외당하길 선택한 도시인에게 새로운 동네 단골 가게가 생겼다. 습관성으로 장을 보던 온라인 쇼핑몰을 탈퇴

하고, 집 앞 채소 가게를 애용하게 되면서다. 택배를 받고 상자 정리하는 게 귀찮고, 1인 가구인지라 낭비하는 식자재가 없도록 필요한 만큼만 틈틈이 사는 방식이 더 편했다. 군기가 바짝 들었던 미니멀라이프 초심자일 때로 돌아간 셈이다.

대형 마트와 달리 작은 가게에 들어서면 나는 비로소 누구나 인식 가능한 사람이 된다. 채소 가게 사장님은 내가 꽈리고추를 찾자마자 싱싱하다고 어필하고, 양송이버섯은 온라인 마트보다 값이 저렴한데도 조금 더 담았다고 말한다. 검은 점점이 슈거 스폿(Sugar spot)이 생긴 바나나는 내가 눈길을 주자마자 할인 품목이다. 사장님은 "싸게 드릴 테니 가져가요. 겉보기엔 이래도 지금이 가장 맛있는 때예요"라고 알려 준다. 대저 토마토 먹을 줄 아는 사람은 초록색일 때 먹는다며, 빨갛게 익으면 당도가 떨어진다는 건 내가 토마토를 집어 들자마자 알게 된 새로운 사실이다. 계산을 마친 모든 채소를 장바구니에 담느라 손에 들고 있던 식물 '오션'을 잠시 내려두었다. 식물 가득한 집에서 선물 겸 분양받은 새 화분 식구였다. 채소 가게 사장님은 그걸 유심히 보더니 "그나저나 화초가 너무 예쁘다. 물에 넣어 키우는 거예요? 화분에 옮겨 심으려고? 집에 두면 정말 예쁘겠다"라고 말을 더한다. 나는 "얘 이름은 오션

이에요"라며 묻지도 않은 정보를 전하는 사소한 대화가 이어지고 그렇게 동네 사람이 된다. 지하철을 타고 멀리 떨어진 곳에서 열리는 마르쉐 채소 시장을 찾지 않아도 싱싱한 채소에 관해 대화하고 장을 볼 수 있는 가게가 생긴 뒤로는 포장 없는 장보기에 덧붙여 탄소 발자국까지 줄일 수 있게 되었다.

채소 몇 가지를 산 다음 들르는 곳은 꽃 가게다. 꽃값이 저렴하다고 고속 터미널 꽃 시장을 매주 찾기에 시간이 아까운 나에게 딱 맞는 꽃 가게다. 어쩌면 고속 터미널 도매 시장보다 더 저렴한 것 같기도 하다. 첫 거래 때 꽃 사장님은 어떤 용도로 사려고 하느냐, 예산은 얼마냐 등등 물었지만 이제는 내 얼굴을 보자마자 "오셨네요" 또는 "오랜만에 오셨네요" 같은 인사말을 건넨다. 내가 집 장식 목적으로 꽃을 산다는 걸 잘 알아서 꽃다발을 만들어 주지 않고, 직접 꽃꽂이를 할 수 있도록 늘 예산보다 많은 양의 꽃을 챙겨 준다. 내가 소심하게 "제 예산에 작약도 가능한가요?"라고 물으면 "작약 겉 꽃잎이 약간 시들었는데 아직 피지 않았어요. 이건 서비스로 드릴게요" 하며 호기롭게 작약 네 송이를 꺼내는 대인배다. 봄에는 냉이초가 무엇인지 알려 주기도 했다. 하나를 물으면 열 가지를 답하는 게 이 구역 단골집 사장님들의 공통점인 걸까. 눈이 튀어나올 정도로 화려한 경력을 가진 이름난 사람에게만 배울 거리를 찾지 않는다. 현장에서 밀착해 일하는 사람에게만 있는 생생한 전문성은 눈높이에 맞춘 적확한 설명이 곁들여져 이해가 쉽다. 일상 언어로 쉽게 설명해 주는 쪽이 사전을 찾아봐야 할 만큼 어려운 말로 설명하는 것보다 친근한 법이고 기억에 오래 남는다.

공산품을 살 때는 약간 의심하며 이야기를 듣는다. 예컨대 신상 화장품을 영업하는 직원의 이야기가 바가지 씌우기 위한 술책인가 싶을 때. 오직 채소와 꽃처럼 제철이 있는 경우만 마음의 문이 활짝 열린다. 계절에 따라 먹고사는 작은 이야기가 담겨 있기 때문이다. 동네 자랑을 한 김에 내가 많은 신세를 지고 있는 두 분이 내게 준 팁 역시 소개하고 싶다. 미용실 원장님에겐 "흰머리는 모근 째 뽑지 말고 가위로 바짝 자르고 머리숱을 지켜라"라는 매우 중요한 수칙을 배웠다. 정수리에 하나둘 새치라고 하기엔 그 수가 많은 흰머리 보유자라면 흘려듣지 말아야 할 조언이다. 세탁소 사장님은 조사관 역할을 한다. 어느 날 내가 망쳐버린 셔츠를 부여잡고 "세탁

라벨에 세탁기 기호가 있길래 물에 빨았는데 대참사가 일어났어요" 하소연하자, "딱 보니 면 소재라 물빨래라고 써 놓았는데, 셔츠 칼라는 드라이 심지를 써서 깃이 오글오글해졌네"라는 진단을 받았다. 이탈리아에서 사 온 예쁘고 비싼 셔츠는 그렇게 몇 번 입어 보지도 못한 채 헌 옷이 되었다. 세탁소 사장님이 살려보겠다고 했지만, 당연히 살아나지 않았다. 그래도 왜 옷이 상했는지 그 이유라도 알아서 속이 시원했다. 이렇게 별스럽지 않은 일상 대화에서 집단 지성의 힘을 배운다. 아니, 살아가는 지혜를 익힌다. 이 모든 생활 밀착형 지식을 배우기 위해 필요한 것은 다정한 미소, 약간의 호응, 적절한 질문과 좋은 팁을 알려 줘서 고맙다는 인사말이다.

일상에 쏟는 정성

금요일이면 집 앞 3분 거리 단골 꽃집에 들러 플로리스트에게 꽃을 한 다발 주문한다. 잠깐이나마 꽃을 배운 까닭에 스탠다드, 스프레이, 그린 세 가지의 공식으로 만들어지는 꽃다발을 이해한다. 라넌큘러스, 리시안셔스처럼 정확한 꽃 이름을 지칭해 주문을 넣는다. 새로운 꽃이나 그린 소재를 만나면 질문하기도 한다. 만들어진 꽃다발은 묶기만 하고 어떤 겉포장도 생략한 채 가게를 나선다. 미비하지만 내가 할 수 있는 현실적인 제로 웨이스트 실천이다. 환경을 의식하는 이유는 기후 변화에 대한 걱정 때문이다. 엘 고어의 책을 읽었고, 툰 베리의 연설을 들었다.

꽃을 손에 쥐고 한산한 금요일 거리를 걸으며 흥미롭게 읽고 있는 책의 내용, 저녁 식사로 완숙토마토를 먹어야겠다, 핸드폰에 있는 오늘 외울 영어 단어 목록은 무시할까… 끊임없이 이어지지만 주제는 없는 잡다한 생각과 함께 집에 도착한다. 아담한 거실의 은은한 플로어 램프를 켠다. 이탈리

아 조명 브랜드 아르떼미데를 위해 프랑스 디자이너 아드리앵 가르데르(Adrien Gardere)가 디자인한 조명이다. 비단처럼 매끄러워 보이는 패브릭 전등 갓이 아늑한 분위기를 조성하고, 깔끔한 호텔의 객실 한구석을 연상케 한다. 꽃병을 고르고 꽃가위로 줄기의 길이를 다듬어 꽂아둔다. 꽃가위는 도쿄 아오야마 플라워 마켓에서 "하사미 히토츠 쿠다사이 (はさみ(を)一つください。)"라고 어색한 일본어를 더듬거리며 말해 구매했다. 내가 취미로 꽃을 배울 당시 그 브랜드의 꽃가위가 꽤 알아줬기에 도쿄에 출장을 갔을 때 일부러 시간을 내 그곳에 들렀다. 집안 곳곳에 있는 기물의 양은 적지만 찬찬히 알아보고 들인 물건으로 채워져 있다. 그렇다고 늘 성공적인 쇼핑은 아니었지만.

샤워를 마친 후 잘 씻은 토마토를 잘라 올리브 오일과 발사믹 식초를 뿌린다. 햇 올리브 오일이 들어왔다는 소식에 부리나케 주문한 덕에 신선한 풀 향이 가득 난다. 냉압착으로 짜낸 올리브 오일은 한마디로 올리브 주스이므로 고품질의 식물성 지방을 섭취할 수 있다. 저녁 식사를 간단히 먹는 이유는 요즘 몸이 무거워졌다는 경각심 때문이다. 숙면에 방해가 될까 봐 카페인 없는 따뜻한 구기자차를 손에 쥐고 따뜻한 침대로 들어가 책을 펼친다. 어떤 소음도 들리지 않는 공간에서 차를 홀짝이며 변화 없는 삶에 축배를 든다. 책 속에는 벨 에포크 시대 파리에서 살아가고 있는 인물이 등장한다. 살아 보지 않은 시대에 대한 경배, 상상, 그리고 어떤 영감이 스친다.

하루를 구성하는 조각 하나하나에 정성이 담겨 있다. 태어나 쌓아 올린 지식과 소양만큼 자신의 세계를 만들 수 있다고 믿지만 교양의 사전적 정의인 인문학적 소양이나 예술 문화에 대한 조예, 세상을 이해하고 판단할 수 있는 능력의 함양이 내 생활 어디에 묻어나는지 모른다. 어떨 때는 쓰기 편해서 잘 샀다고 자찬하는 물건에 담겨 있는 것도 같다. 그저 보기에 예쁜 구름이 적란운으로 곧 소나기가 내릴지도 모르겠다고 헤아릴 때도 그렇다. 교양의 정의는 인문과 예술이 전부였다가 점점 세상 사는 데 필요한 기초 지식을 포함해 간다. 진통제 하나를 먹기 전에 이부프로펜과 나프록센의 차이점 정도는 알고 삼킬 때처럼. 내가 느끼는 윤택한 생활이란 사소한 것을 소홀히 여기지 않는 매일에 있다.

내가 나를 키운다는 의미

"누구나 마음속에 어린아이가 있고, 그 아이를 잘 돌봐줘야 한대."

자신이 최근 들었던 강연에서 인상 깊은 점을 공유하던 지인과 유년 시절 받았던 상처를 어떻게 달래야 할지에 대한 대화를 나눴다. 이미 결론은 나와 있었다. 상처받은 내면의 아이를 잘 어르고 달래가면서 어른인 자신이 보듬어 주면 된다. 잠깐 잊고 살았지만 내 안에도 당연히 토라진 아이가 있다. 아이의 존재는 내 나이가 어릴수록 컸다. 내 안에 사는 아이는 처음에 가지고 싶은 게 많았다. 이것도 사고 싶고, 저것도 사고 싶고. 여기도 가 보고 싶고, 저기도 가 보고 싶다고 마구 졸라댔다. 그 아이를 달래기 위해 나는 많은 물질적 보상을 해야만 했다. 마치 너무 바쁜 부모가 같이 놀아 줄 시간이 없으니 용돈을 쥐어 주면서 간식을 사 먹게 하거나 옷을 사 주거나 하는 보상에 급급한 것처럼 나는 사회의 첫발을 내디

되었을 때, 그동안 갖고 싶었던 물건을 사고 가 보고 싶었던 여행지로 떠나며 나에게 많은 즐거움을 경험하게 했다. 내 안의 아이는 한번 아프고 나더니 성숙해져 물질적 결핍을 채워 달라는 요구로 더는 나를 귀찮게 하지 않았다.

몇 해 전만 해도 내 주변에는 '들어줄 귀'가 필요한 사람이 여럿 있었다. 그들이 가진 내면의 아이다움을 나에게 표출하며 어리광을 부리고 자신이 못다 이룬 꿈과 희망에 절망하며 하소연했다. 별로 친하지 않은 사람들과는 자신이 보일 수 있는 최상의 모습과 최대의 즐거움을 과시하고, 반면에 가깝고 편하다는 이유만으로 나와 불행만 나누려 하던 이들이 정신적으로 피로했다. 그게 뭐가 친한 거라고. 나는 이상한 인간관계를 정리하면서 동시에 나의 어리광과도 완전한 작별을 했다. 아마 그들의 이야기를 듣다가 '이건 앞으로 살아가는 데 아무 쓸모가 없는 신세 한탄에 불과하잖아' 하는 마음이 점점 강해졌던 모양이다. 게다가 그런 성향의 사람과 오래 교류하다 보니 나 또한 부정적인 생각이 자꾸 커져 아주 자그마한 좌절까지도 견디지 못해 누군가에게 털어놓고자 했다.

나는 고작 일이 잘 풀리지 않는다는 수준의 고민을 부풀려 말하곤 했다. 객관적으로 봤을 때 한 톨의 어려움도 아니었고 다행인지 불행인지 나의 어리광을 받아 주는 사람은 흔치 않았다. 확실한 해결책이 필요해 조언을 구하는 것이 아니라면 나는 자그마한 일에는 현명하게 입을 다물었다. 말하지 않으니 문제는 쪼그라들어 사라졌다. 내 마음속 아이는 또 성장했다.

그렇게 내면의 아이는 여러 사건을 거치면서 사춘기를 지나 대학생 정도 된 것 같다. 물론 내 실제 나이는 두 배 정도지만. 아이는 나에게 목적이 있는 삶에 대해 궁금해했다. 마치 세상 다 산 노인처럼 세상에는 안 되는 일이 더 많은 거 같다고. 내가 바란다고 해서 되는 일은 열 가지 중 많아야 한두 가지 정도였을 거라는 결론을 내리며, 목표를 해내며 사는 삶보다는 목적을 가지고 사는 편이 좋겠다는 철학자 같은 소리를 해댔다. 그 아이의 말이 뜬금없지는 않은지라 나는 내 마음의 소리에 귀를 기울였다. 어떠한 목표를 이루고 나면 좋은 것은 잠시일 뿐 이내 허무해졌기 때문에 목적을 가지고 물 흐르듯이 편안한 마음을 갖고 살자 말했다. 나는 또 물었다. 네가 말하는 목적이 무엇이냐고. 모른다고 답하는 아이에게 그렇다면 앞으로 그걸 찾아보자고 했다. 동시에 찾지 못해도 괜찮다고 달랬다. 너무 커다란 기대를 심어 줬다가 '오춘기'가 오지 않도록.

이것저것 사 달라, 해 달라 졸랐던 아이는 많이 자라서 그런지 나에게 바라는 단 하나는 자신의 물음에 대한 답을 찾아 달라는 게 전부였다. 그러면서 자꾸 나에게 하나의 이미지만 내보였다. 널찍한 테이블마다 독서 램프가 있는 근사한 인테리어를 가진 도서관에서 오래 입어 편안한 청바지와 심플한 니트를 가볍게 입고선 문화, 예술 관련 서적 몇 가지를 옆에 둔 채 랩톱에 메모하며 공부하는 내 모습이었다. 이게 자신이 원하는 앞날이라고. 옆에는 실용적인 캔버스 가방을 무심히 내려 둔 상태였는데, 그 안에는 책과 물병이 담겨 있었다. 나는 약간 코웃음을 쳤다. '고작 이 정도가 네가 바라던 바였어?' 라는 식으로 내면의 아이를 바라보았다. 그 욕심 많던 애가 이렇게 소박해지다니. 그러나 착각이었다. 아이는 나에게 엄청난 것을 요구한 셈이다. 공부만 하는 삶이란 일단 생계 걱정이 모두 사라져야 가능한 게 아닌가. 게다가 아이가 바라는 공부는 오늘날에 전혀 돈이 되지 않는 분야다.

팀 페리스의 책 《마흔이 되기 전에》에서 알게 된 작가 소만 차이나니는 예술을 길을 걷겠다면 이를 뒷받침할 철저한 (재정적) 계획이 있어야 최고의 작품을 만들 수 있다고 했다. 예술 작품이 유일한 소득일 경우, 돈에 관한 압박을 견디다 못해 창의성과 타협할 것이라고. 글을 쓰며 생사가 걸려 있다고 느끼지 않아도 되는 유일한 방법이라 조언한다. 역시 내 안의 아이는 여전히 욕심이 많다. 먹고살 돈을 마련한 다음, 하고 싶은 공부를 하라는 소리 아닌가.

현실 감각 없는 아이를 크게 꾸짖지 않기로 했다. 그 아이보다 스무 살은 더 먹은 내가 느끼기에도 바람직한 미래의 내 모습 같아서. 이미 어른이 된 내가 너의 꿈을 이루게 해 주겠노라 다짐했다. 조금 시간이 걸릴지도 모르지만, 네가 얌전히 다가올 미래를 기다려 준다면 나는 최선을 다해 너를 한번 키워 보겠노라고 말이다. 대신 일이 뜻대로 되지 않을 때 가끔 튀어나와 버릇없이 굴면 없던 일로 하겠다며 약간의 으름장도 더했다. 이전까지의 삶은 부모, 교육 배경, 세상의 시선이나 기준 같은 주변의 영향이 컸다면, 마흔 무렵부터는 고유한 나 자신의 모습과 힘만으로 삶을 살아갈 수 있다는 확신이 커진다. 나에겐 내면의 아이를 잘 돌봐 주며 키워 나가기에 부족함이 없는 어른의 힘이 있다.

2장

아무래도 독학이 좋다

《사람, 장소, 환대》 156쪽에는 "학교는 무엇이 교양이냐 아니냐를 판단하는 기준을 독점한다. 개인이 교육제도 바깥에서 독학으로 쌓은 교양은 인정받지 못한다"는 '인증된' 교양의 현실을 말한다. 내가 아무리 수십만 권의 책을 읽어도 그 자체만으로는 어디에서도 권위를 갖지 못한다. 그저 일상 잡담에서 잡학박(薄)식한 사람이 될 뿐이다. 먹고살려고 일하다 지친 나머지 또는 끈기가 없어서 학위나 자격증과는 거리가 먼 삶을 살았던 나는 수없이 많은 책을 읽으며 취미와 공부의 경계를 긋는 법을 알게 되었다. 한 분야의 책을 다양하게 읽고, 배운 내용을 행동으로 옮겨 이해하고, 누군가에게 막힘없이 설명한다면 공부. 단순히 아는 것만 많아지면 취미인 책읽기라고. 사회에서는 프로와 아마추어의 차이를 자신이 만든 물건이나 서비스를 남이 돈을 주고 구매했느냐 아니냐로 결정하곤 한다. 내가 10년간 한 가지 라이프 스타일을 연구하며(비록 실험 대상은 나뿐이었지만) 여러 저작물을 내자 그 분야의 프로라 인정받았던 것처럼 어쩌면 학교를 다니든 혼자 공부하든 결국 결과물로 세상에 받아들여지는 게 전부라 느낀다.

처음 마주한 자유

고등학교 졸업 후 아직은 앳된 어른이었을 때 나는 자꾸 자격을 따지는 세상 앞에서 주눅 들었다. 하다못해 아르바이트라도 해 보려 하면 과외는 전공이 받쳐 주지 않았고, 누구는 어학연수나 교환 학생이라고 국외로 나가는데 나만 제자리였다. 남과 다르다는 것. 엄밀히 따지면 내 주변 사람과 비슷한 수준이 되지 못한다는 자체가 점점 더 자신감을 잃게 만들었다. 친구 A는 더 많이 배우고 넓은 세상을 알아가는데 나는 학교 도서관과 인터넷 세상에 의존할 수밖에 없었으니까. 고향에 있는 대학에 다니며 좁은 지역, 가까운 친구와 비교하며 쌓았던 불안감은 서울의 한 언론사에서 짧았던 인턴 시절에 만난 유수의 유학생들 사이에 떨어졌을 때 아무것도 아닌 일이 되었다. 거기엔 좌절감이 있었다. 사회에 나오니 비교 자체가 불가한 '어나더 레벨'의 사람이 가득했다. 왜 사람은 끊임없이 비교하며 사회에서 자기 위치가 어디인지 알고 싶어 하는 걸까. 나는 이런 서열을 매기는 동물 같은 본능에 진절

머리가 났지만 때로는 이런 비교가 개인에게 어떤 목표를 갖게 만드는 자극제 역할을 한다고 여긴다. 타인이 던지는 나의 부족함으로 무엇을 할지는 오로지 내 몫이다. 더 나은 교육적 혜택을 받지 못했지만 주어진 조건에서 최선을 다하는 법을 찾았다. 나에겐 다른 길이 있었다.

대학 도서관에서 역사 소설《로마인 이야기》의 작가 시오노 나나미의 에세이를 읽었다. 안타깝게도 과거의 나에게는 독서 목록을 기록하는 습관이 없어 굉장한 인상을 남겼던 책 제목이 무엇이었나 기억하지 못한다. 다만 특정 내용만큼은 또렷이 기억하는데, 작가가 소설을 쓸 때의 방법론을 설명하던 중이었다. 로마 역사와 관련된 책을 읽다 알게 된 사실에 의문을 품은 시오노 나나미는 적군을 발견하는 순간의 모습을 파악하기 위해 고대 로마 때 축조된 성벽에 올라 기술된 인물의 키가 이 정도니 그 눈높이에서 보면 어떻게 보였을지 현장에서 확인했다. 단테의《신곡》을 이해하기 위해 그와 연계된 수도원에서 몇 개월간 머물며 공부했다는 내용도 여전히 뇌리에 남아 있다. '공부란 학교나 학원에 다니는 것, 그리고 시험으로 증명하는 것'이라는 틀에 갇혀 있던 그 시절, 내게 대학원에 가지 않고 혼자 공부해서 글을 써도 된다는 사실은 유레카 모멘트이자 콜럼버스의 달걀이었다. 소설가는 캐릭터에 대한 이입도 중요하고 현장을 생생하게 써야 하니 그녀의 방식이 맞는 접근이라는 것은 나중에 알았지만, 그때 내게는 '공부가 혼자 해도 되는 거였어? 석박사가 아니어도 책을 쓸 수 있는 거야?' 정도의 순진함일 뿐이었다.

어릴 때부터 책을 펼치면 커버의 날개를 먼저 훑어본다. 그곳에는 화려한 프로필을 자랑하는 저자의 소개가 담겨 있는데 작가란 유명 대학 출신이어야 한다는 인상을 받았다. 실용서를 자주 읽었기에 더 그랬을지도 모르지만 작은 책을 집필한 사람의 무게감은 상당했다. 시오노 나나미의 경우 저자 설명에 로마사 학위에 대한 언급은 없다. 이탈리아에서 30년 넘게 독학으로 로마사를 연구했다는 설명만 있었다. 저작물로 충분히 인정받은 사람의 자부심 어린 설명글은 지금 읽어도 설렌다. 아마 그때부터였던 듯하다. 보잘것없는 나도 어떤 분야든 혼자 연구하고 정보를 모아 글을 쓸 수 있겠다는 자신감이 스몄던 때는. 인터넷 세상에서 본격적으로 글을 써 보기 시작한 것은 '나도 한번 해 볼까?'라는 두근거림이 준 용기다.

그리고 지금도 여러 분야에 두루 관심을 가지고 글을 쓰며 산다. 글쓰기 역시 정식으로 배운 바 없고 그저 많이 쓰며 혼자 훈련했다. 지금도 매일 단련 중인 기술이다.

공부의 방향, 생각을 키워 줄 훌륭한 스승을 만날 수 있다면 더할 나위 없겠지만 그럴 형편이 되지 않는 경우가 있다. 독학은 체계가 부족할지언정, 형식에 구애받지 않고 주체적으로 공부하는 길이다. 자유롭기에 독창적이고, 흥미를 잃을 위험도 적다. 반면 기초가 탄탄하기 어렵고, 정석대로 훈련받지 못하며 증빙이 어려워 타인의 인정을 받기 힘들다. 무엇이든 일장일단이 있는 셈이니 우선 좋은 쪽만 바라본다. 지금 내게 당연한 '독학'이라는 방법론을 받아들인 이래로 나는 무엇이 되고프거나 하고플 때, 그냥 그런 사람인 것처럼 상상하고 스스로 공부하며 행동하게 되었다. 누군가 혹은 어떤 단체가 나를 규정지어 주길 바라지 않고 스스로 자격을 부여할 수 있다는 사고방식은 주어진 현실에 굴하지 않고 어떻게든 시도하도록 만든다.

타인으로부터 보고 배우기

모르면 그저 무섭기만 하고, 좋은 걸 누리지 못한다. 내가 무지로 인해 공포를 느꼈던 최초의 기억은 '에스컬레이터 타기'다. 아마 유치원생 또는 초등학교 1~2학년의 나이였을 것이다. 그때는 에스컬레이터가 백화점에나 가야 볼 수 있을 만큼 귀해 일상에서 매번 접하기 어려웠다. 어쩌다 한 번 그곳에 가면 내 작은 발이 설 곳을 모른 채 자꾸 움직이는 계단의 끄트머리에 걸쳐져 몸이 갸우뚱했다. 눈으로 계단 사이의 경계선을 확인하고 그 안에 발을 두어야 한다는 걸 몰라 에스컬레이터를 탈 때마다 가슴이 몹시 두근거렸다. 어른에게 자신의 불편함을 말할 수 없었던 소심한 아이는 혼자서 계속 고민하고 시도해 보다가 어느 날 탑승의 원리를 깨달았다. 실로 자신과의 싸움이자 외롭게 터득한 생활의 기술이었다.

살다 보니 '에스컬레이터 안전하게 타기' 같은 공부가 많이 필요했다. 학교 정규 교육과정에서 알려 주지 않고, 누가 옆에서 이렇게 저렇게 챙겨 주지 않는 너무 하찮고 당연한 상식 또는 그들만의 규칙 같은 것. 자랄수록 혼자 끙끙거리기보다 남을 보고 따라 하거나 아는 사람에게 물어보면 더 빠르게 습득할 수 있음을 알아 예전만큼 더디게 배우지 않는, 사소하지만 중요한 것들 말이다. 몇 해 전 KTX를 탔을 때다. 하차를 기다리며 통로에 서 있는데 객실의 자동문이 금세 닫혀 조금 불편하던 차였다. 그런데 어떤 사람이 천장 위에 붙은 초록색 버튼을 누르자 문은 꽤 오래 열려 있었고 모두가 빠르고 수월하게 하차할 수 있었다. 나는 내리던 중에 이제까지 눈길도 주지 않았던 천장 쪽 버튼을 보았고, 거기에 적힌 '이 버튼을 누르면 1분간 문이 열려 있습니다'라는 안내를 보았다. 그러고 보니 그날은 또 하나의 궁금증을 해소한 날이기도 하다. 열차를 탄 한 승객이 슈트 재킷을 벗더니 안쪽에 붙어 있는 천 고리를 활용해 좌석 옆쪽 벽에 붙은 옷걸이에 옷을 걸었다. 속으로 '아하!' 외쳤는데 이제까지 겉옷 안쪽에 천으로 만든 일자형 고리의 용도가 내내 궁금했기 때문이다.

사소한 것부터 시작해 인생 전체에 영향을 미치는 것까지는 누군가를 따라 하며 배운다. 포장해 말하자면 영감을 주는 인물이라고도 할 수 있다. 내 마음에 쏙 드는, 정확히 말하자면 좋아 보이는 모습을 발견하면 나도 가지고 싶다는 욕구가 스멀스멀 피어오른다. 처음에는 주로 겉모습을 따라 했다. 소피아 코폴라 감독의 소매를 걷어 올린 셔츠 차림이 지적으로 보여 따라 입는 것처럼 말이다. 친구가 산 립스틱 컬러가 너무 예뻐 몰래 따라 사고 그 친구와 만날 때는 절대 바르지 않는 앙큼함도 있었다. 그러다 그 셔츠 차림이 내겐 그다지 지적인 느낌이 나지 않고, 다림질이 귀찮아 티셔츠를 더 자주 입는다거나 립스틱 하나 달리 바른다고 없던 미모가 생기지 않는 현실에 부딪히게 되었다. 무언가를 살 수 있는 주머니 사정만 갖추면 일시에 충족되는 욕구란 늘 허기진다. 그 사람의 삶은, 분위기는 결코 내 것이 되지 않으니까. 그 사실을 받아들인 후로 다른 사람의 삶을 물건으로나마 흉내 내지 않게 되었다. 내가 진정 원하는 바는 물건 뒤에 있었다.

이제는 타인과 같아지기 위해 노력하기보다 홀로 여러 교양 쌓기에 골몰한다. 나의 고유한 재능과 분위기를 만들고자 두루두루 시도해 보던 중에도 따라 하기는 계속된다. 책에서 알려 주는 대로 서랍을 정리하고, 꽃 선생님이 가르쳐 주는 방식을 따라 꽃꽂이를 하고, 차 선생님의 말씀대로 차를 우리는 훈련을 한다. 요가, 명상, 투자, 남에게 해서는 안 되는 말, 나를 존중하는 법까지 끝없이 남에게 배웠고 배워 간다. 누군가의 겉모습을 몰래 따라 할 때는 조금 굴욕감도 들었는데, 어떤 지적 훈련을 거듭할 때는 당당함이 생긴다. 따라 함에도 '몰래'라는 비겁함과 '허락'이 주는 공공연함의 차이가 있는 건가. 내가 거울삼았던 사람들 모두에게 배웠다. 여기엔 책 속 등장인물, 영화 속 캐릭터 같은 가상 인물부터 현실에서 스쳐 지나가는 사람까지 포함한다. 고유하다고 생각했던 영역까지도 누군가의 영향력이 끼쳐 있다. 나는 결코 홀로 내가 되지 않았다.

지금 수집하는 나의 미래

신문 기사를 오려 노트에 붙인 다음 형광펜으로 중요한 부분을 강조한다. 그다음 기사의 내용을 축약해 펜으로 또박또박 옆에 적어 둔다. 나의 십 대 시절에는 우등생이라면 응당 그렇게 시사 공부를 했다. 그 시절, 나는 신문을 읽지 않았고 매월 발간 일마다 서점에 가서 즐겨 보는 패션 잡지를 사서 정독했다. 설레는 마음으로 광고의 화보부터 감탄하며 넘겨 보았고, 럭셔리 패션 하우스의 봄/여름 신상품이 나오면 가장 눈에 들어오는 것을 정성스럽게 오린 후 다이어리에 붙여 36가지 색연필과 스티커를 골고루 사용해 꾸몄다. 다이어리 꾸미기는 인터넷 카페에 올려 꽤 많은 주목을 받았고 대학생 무렵에는 한 매체에 인터뷰가 실리기도 했다. 오랜 '덕질'이 인정받은 기분이었다. 당시 고급품을 직접 사용해 볼 수는 없었지만 좋은 디자인과 물건을 다룬 기사를 스크랩하며 물건 보는 안목을 키워 나갔다. 덕분에 지금은 눈이 꽤 높다. 눈이 머리 꼭대기에 달렸다는 말은 가끔 수준 대비 바라는 게 많은 사람을 비아냥거릴 때 쓰는 말이기도 하지만, 나는 눈이 높다는 말을 참 좋아한다. 일부러 수준을 낮출 필요는 없지 않나. 배를 곯는 순간에도 멋진 물건을 알아보고 좋은 그림을 보고, 지적인 책을 읽는다면 정신적으로는 언제나 풍요로운 법이다. 사람이든 물건이든 좋은 걸 알아보는 눈이야말로 귀한 자산이다.

내가 무엇을 모으는지 살펴보면 당연하게도 취향이 보인다. 그리고 수집은 인생 경로에 큰 영향을 미친다. 십 대 때부터 잡지에서 보고 모아 둔 스크랩북은 직업이 되었다. 나에겐 어릴 때부터 습득한 대중 매체에 대한 커뮤니케이션 감각이 있었고 온갖 브랜드의 스토리텔링에 관심을 기울였기 때문이다. 미디어 전공이 아닌데도 지금 무리 없이 마케팅 커뮤니케이션 분야에서 일할 수 있게 된 힘은 어린 시절에 있었다. 어릴 때 싹수가 보인다는 것. 무엇을 모으는지, 어디에 가장 시간을 많이 쓰는지에서 확인 가능한 미래 모습의 예고다.

덕수궁 국립현대미술관 전시 〈박수근: 봄을 기다리는 나목〉을 찾은 날, 그곳에서 '세계 미술'이란 작은 부제가 붙은 스크랩북 하나를 보았다. 라파엘로가 그린 〈황금방울새의 성모〉에서 성모의 얼굴 부분을 오려 붙인 커버의 얇은 노트. 박수근의 스크랩북에는 주로 19세기 인상주의 화가들의 작품이 많이 수집되어 있고, 니케 여신상부터 통일신라 불상까지 그의 관심사가 총망라되어 있다고 한다. 잭슨 폴록의 액션 페인팅을 소개하는 외국 잡지 기사까지 꼼꼼하게 스크랩한 다수의 노트를 보고 있자니 가슴이 뭉클해졌다. 자신의 관심사를 집요하게 파고들어 수집하는 사람을 향한 경애다. 그 집요함이 삶을 얼마나 풍요롭게 만드는지에 대한 공감이랄까.

박수근은 열두 살 때 장 프랑수아 밀레의 그림을 보고 감동받아 화가가 되기를 결심했다고 한다. 그는 일제강점기 시절을 살았던 이로 집안 형편이 어려워지자, 오늘날로 치면 초등학교만 졸업하고 독학으로 그림 공부를 했다. 전문적인 미술교육은 받지 못했지만 서양 화집, 신문에 소개된 그림이나 미술 잡지 엽서 등의 자료로 그림 공부를 해 18세에 조선미술전람회에서 입선하며 인정받았다. 한국전쟁을 겪으면서도 그림을 그리던 화가의 〈빨래터〉는 2007년 서울 옥션 경매에서 45억에 낙찰되며 큰 화제를 모았다.

좋은 삶의 공식 중 하나는 어떤 뜻을 품고 한결같이 정진하면 원하는 대로 정확히 딱 맞아 떨어지지는 않더라도 비슷하게나마 그러한 삶을 선사한다는 점이다. 그가 그린 습작과 참고용 스크랩북은 부족한 환경에서 꿈 하나를 좇아 능력을 키워 가는 뚝심이 느껴진다. 자신의 길을 의심하지 않으며, 불안하고 고통스러운 시대 상황 속에서도 나아간 사람의 꽉 찬 인생이 담겨 있다.

지금 내게는 여러 종류의 디지털 스크랩북이 있다. 그림을 하나씩 감상하고 모아 보는 1일 1그림 감상 노트, 티 시음 노트 같은 취미용인데 어릴 적 만들었던 패션 스크랩북처럼 집요하지도, 꾸준하지도 않다. 가끔 하나에 몰두하던 열정이 그리울 때가 있다. 당시에는 뚜렷한 꿈이 있었지만, 지금은 즐겁게 살기 위한 재료이자 집필할 때 참고 정보 정도로 접근하니 마음의 무게가 다르긴 하다. 그래도 스크랩북 자체는 비밀리에 보물을 모으는 기분이라 여전히 재미있다. 하나의 분야를 깊게 아는 법은 언제나 수집에서 시작한다.

철학, 내 것으로 만들기

철학은 삶에 방향을 제시해 준다. 누군가 깊게 사고하고 내린 통찰력을 철학이란 매개로 흡수할 수 있다. 종교가 탄생하고, 정치와 법사상이 생겨나고, 우리가 일상적으로 내뱉는 말인 '사람은 생각하는 대로 살게 된다'는 명제를 끊임없이 증명해 나가는 분야다. 요즘 나는 사는 대로 생각하는 쪽도 나쁘지 않다는 생각이지만 어쨌든 철학이란 인간 사유의 꽃 같은 학문이라서 늘 궁금했다. 동시에 취미만으로 접근하기 가장 어려운 분야이기도 하다. 번역서를 읽는다는 한계 때문도 있지만 몇천 년 전 사람의 생각은 암기만으로 전혀 알 수 없어서다. 삶의 갈피를 못 잡던 시절, 쇼펜하우어를 탐독했다. 염세주의를 바탕으로 한 철학자의 독설이 어떤 사이다적 시원함과 위로를 주던 때, 그 계보를 잇는 니체에 다다른 적이 있다. 니체의 책을 읽으며 문장이 나를 기절시킬 수도 있다는 걸 경험했다. 쇼펜하우어는 쉽게 편집한 개괄서였고, 니체는 원서 번역본으로 내 수준에 비해 지나치게 '본격적'이라는 차이 때문일까? 사람들에게 많이 회자되는 존 스튜어트 밀의 독서법은 ① 우선 입문자용으로 쉽게 쓰인 책 읽기 ② 훑어보듯이 전체 읽기 ③ 다시 이해하며 읽기 ④ 중요한 문장을 필사하면서 다시 읽기라고 한다. 내 경우 언제나 1단계에서 책 읽기가 끝나버리니 지식에 깊이가 생길 리 없다.

《자유론》, 《여성의 종속》 등으로 잘 알려진 19세기 영국 철학자 존 스튜어트 밀의 독서 방식은 아버지인 제임스 밀에게 배웠다. 그는 일곱 살 무렵부터 플라톤을 읽기 시작했는데 가정 교사 없이 공리주의 철학자인 아버지에게 교육을 받았으며 학교에 다니지 않았다. 제임스 밀은 정신 교양을 쌓기 위해서는 플라톤보다 소중한 철학자가 없다고 말하며 아들에게 역사와 철학서를 주로 읽히고 사고력을 기르게 했다고 한다. 훌륭한 스승이 있다면 형식은 중요치 않음을 보여 준다. 이들 부자는 가정 형편이 궁해서 홈스쿨링을 했다지만 하루 3시간 이상 자녀 교육에 할애할 수 있는 관심과 실행력을 갖춘 아버지는 드물며 그 가르침에 군소리 없이 따르는 아이 또한 흔치 않다. 일방적인 지식 습득보다는 아들이 스스로 생각하는 힘을 기르는 데 시간을 쏟았고 사색하는 순간을 갖게 했다. 아버지는 하루도 빠짐없이 공부를 시키며 습관이 깨지는 걸 경계했다. 그들은 아침 식사 전에 산책을 하며 전날 읽은 책의 내용을 되새기는 교수법을 이어 갔다.* 고전 속 시대를 뛰어넘은 사상을 접하고, 소크라테스처럼 끊임없이 질문하는 기술을 익히고, 산책하며 정리하는 방법이 철학적 삶을 위한 정석일지도 모른다.

내게도 홈스쿨링은 퇴근 후 배움을 위한 가장 현실적인 형태다. 훌륭한 스승은 검색과 책에서 찾는다. 내가 공부하고 싶은 분야에서 유명한 학교의 추천 도서 목록이나 공개된 강의 계획표를 찾아보며 스스로 커리큘럼을 짜 보기도 한다. 교양으로써 철학 습득을 위해 시카고대학교에서 '시카고 플랜'으로 소개한 도서 144권의 목록에 나와 있는 철학서를 참고할 수도 있다. 나의 철학 독학은 관심 있는 사상에서 출발해 그 계보를 파는 쪽에 있다. 마이클 샌델 교수의 《정의란 무엇인가》를 읽다가 공리주의에 호기심이 생겨 존 스튜어트 밀의 저작을 발견하고, 그의 아버지 제임스 밀의 저서를 탐독하며,

* 서병훈, 《위대한 정치》, 책세상, 2017

사상적 친구였던 제러미 벤담의 책을 찾아보는 수순. 그러다 플라톤까지 역순으로 뻗어 나간다.

15세의 존 스튜어트 밀이 '벤담 아저씨(정확히는 벤담의 동생 집)'가 사는 프랑스로 유학 갔을 때다. 그는 5시에 일어나 8시까지 수영, 1시간 반 동안 프랑스어 배우기, 아침 식사 후 10시 반까지 노래를 연습했다. 다시 2시까지 프랑스어를 비롯한 라틴어와 수학, 경제학 등을 공부, 4시까지 피아노를 배웠으며, 저녁 식사 후에 승마와 펜싱, 댄스처럼 몸을 쓰는 교습을 받았다고 한다. 온종일 잘 짜인 시간표대로 끊임없이 배웠지만 오로지 철학 '공부'만으로 채워진 일과는 분명 아니다. 그가 지나치게 책을 많이 읽어 벤담 아저씨 일가가 일부러 책을 숨겼다고 하니 이런 시간표가 가능했다. 선생님이라는 가이드 없이 독학을 이어 나가기란 결단코 쉽지 않다. 다행히 역사 속 스승은 있다. 철학만큼은 밀의 아버지를 따르기로 한다. 쉽게 시작하지만 결국 깊게 파악하는 독서법, 매일 공부하는 습관, 산책하며 나의 것으로 만드는 시간이면 충분하다.

필요가 발명을 부른다더니

다소 흐리멍덩한 눈으로 파이썬 초보 강좌에서 알려 주는 대로 print(a[1][0]) 같은 명령어를 무작정 따라서 입력하지만 내가 이걸 왜 하고 있는지 모르며, 아무 동기도 없는 상태다. 그저 파이썬, 파이썬 하고 사람들이 하도 외쳐대니 '도대체 뭐지? 알아 둬야겠어'라는 생각에서 출발했다. 웹까지는 친근한데 파이썬은 내 생활 어디에 써야 할지 모르겠다. 누군가 주식 차트를 파이썬으로 연동하면 편하다고 이야기했는데 해외 주식은 애플 넘버스(Apple Numbers)로 주가를 불러와 표로 만들어 볼 수 있으니 '굳이?'라는 생각도 든다. 아마 내가 프로그래밍 언어를 잘 모르기 때문에 하는 말이겠지만, 예술 관련 서적을 읽거나 수업을 들을 때는 효용이나 목표 따윈 찾지 않는다. 배운다는 그 자체를 즐기므로 그저 과목 선호도의 차이에 불과하다. 애초에 수학, 공학, 과학은 내게 너무나 멀다. 그러나 문과 이과로 나누어 나의 잠재력을 한정 짓던 버릇을 버리기로 했다. MS 워드로 글을 쓰다가 자신에게 필요한 작업 도구를 만들게 된 영국의 소설가 키이스 블런트 때문이다.

작가가 개발한 글쓰기 도구, 스크리브너의 창업 스토리는 이렇다. 초등 교사로 일하던 키이스 블런트는 워드를 사용해 소설을 쓰다 불편함을 느끼고 직접 문서 작성 도구를 만들기로 한다. 그는 프로그래밍을 전혀 몰랐기에 맥 OS 용 개발 서적 두 권을 사서 5개월 동안 프로그램을 계획하며 독학했다. 2년 반에 걸쳐 프로그램을 완성했는데, 개발에 심취한 나머지 그가 쓰던 장편 소설은 마무리 짓지 못했다고 한다.* 후에 다 쓰긴 했다고는 하는데 그건 중요치 않다. 선생님이란 본업, 소설가라는 직업보다 스크리브너로 돈을 더 잘 벌게 되면서 소프트웨어 회사를 설립했다는 이야기가 훨씬 매력적이니까. 긴 글을 써야 하는 작가는 아이디어 구상 노트, 목차, 참고문헌 등 수없이 많은 자료를 정리해야 한다. 각기 다른 툴을 쓰지 않고 하나로 모으면 훨씬 간편하고 시간도 아낄 수 있다. 나는 스크리브너를 쓰지 않아서 구체적인 리뷰를 하긴 어렵지만 자료를 찾아 다른 워드 파일을 뒤지거나 구글 킵에 들

* 키이스 블런트의 창업 스토리는 미디엄(Medium)의 〈I wasn't a programmer, but I created Scrivener〉 인터뷰 칼럼에서 참조했다.

어가 참고 목록을 찾고 예전에 작성한 문서 버전을 폴더에서 비교하며 수정하는 지난한 과정을 하나의 도큐먼트 안에서 이뤄낼 수 있다면? 당장 스크리브너 앱을 다운로드하고 유료 결제를 해야 할까 잠시 고민할 정도의 매력이다. 그럼에도 익숙한 작업 방식에 관성이 붙은지라 여전히 예전 스타일대로 작업하고 있다. 여러 군데를 들락날락하며 랩톱 내에서 동선을 낭비하고 작업의 흐름을 끊어가면서.

절실하게 필요한 공부란, 그러니까 이걸 해내고 싶어 하는 마음으로 달려드는 공부란 얼마나 즐겁고 많이 배울 수 있을지 상상만 해도 흐뭇하다. 나 역시 원시 HTML 태그로 끝내주게 장식적이어서 너무 촌스러웠던 홈페이지를 만들던 어린 시절처럼 즐겁게 놀이하듯 배운다면 좋은 결과가 따를 것이라는 생각에 이러저러한 프로그램을 구상해 본다. 옷을 찍어서 올리면 내게 어떤 옷이 있는지 정리해 주는 앱 같은 걸 생각하다가 이미 그런 앱이 있음을 알게 될지라도. 80세에 프로그래밍을 독학해 2017년, 노인들을 위한 게임 히나단을 개발한 와카미야 할머니가 화제 된 적이 있다. 비교적 젊은 나는 일단 도구 사용법부터 배워두면 나중에 내게 어떤 필요가 생겼을 때 더 쉽게 구현할 수 있는 배경지식이 되겠지. 다만 교양으로 코딩을 배우는 일은 아직 넘어야 할 산이다.

현장, 무조건 현장

이집트에 사는 가리브 씨의 직업은 기원전에 만들어진 무덤을 파는 일이다. 그의 아버지도 50년 전 곡괭이를 들었다. 그가 물려받은 이 직업은 무작정 땅을 파는 게 아니라 자신 앞에 있는 것을 고려해야 한다. 뭐가 나올지 모르는 현장에서 늘 대비가 되어야 하는데, 언제든 귀중한 부장품, 도자기 파편 또는 유골이 나올 수도 있으니 말이다. 다큐멘터리 〈사카라 무덤의 비밀〉을 보던 중에 발굴 작업 노동자의 직업의식을 엿보게 되었다. 그의 아들, 십 대 소년인 마흐무드도 장래에 발굴 작업에 참여하게 될 것이기에 일을 가르칠 목적으로 모래 날리는 현장에 데려왔다. 그러다 발굴 현장 책임자가 일을 시켜 주면 경험을 쌓을 수 있을 거라고. 그는 "애가 집에만 있으면 아무것도 못 배워요. 여기 데리고 나오는 게 나의 행복입니다"라고 인터뷰했다.

직업이 세습되어 가족끼리 도제식으로 배우는 방식도 놀

라웠지만, 내 마음을 두드린 것은 집에만 있으면 아무것도 배우지 못한다는 말이었다. 일주일 동안 집 밖으로 나가지 않아도 괜찮은 집순이로서 나는 책으로 접하는 세상이 익숙하다. 체력이 떨어진 후로는 점점 더 집에 머무는 시간이 길어지고 있다. 그런데 정말 집에서 배우는 건 너무나도 제한적이다. 수험생처럼 교재를 파고드는 공부가 아니라 밖에서 배우는 쪽이 더 많다. 책에 인쇄된 그림보다 전시회에서 원화를 보면 색감과 감동이 전혀 다르고, 프랑스 인상파 화가인 모네의 〈수련〉 연작은 파리 근교 노르망디의 작은 마을 지베르니를 방문하고 나면 감상의 깊이가 다르다. 더 나아가 내가 직접 그리며 그들의 눈높이와 마음으로 세상을 보면 이해는 점점 더 깊어진다. 머리에 든 지식으로 경험하려는 발을 움직여 관찰하는 눈을 하고, 손을 뻗어 교감하는 사람이야말로 가장 큰 재산을 쌓아가는 이다. 진가를 알아보는 안목은 타고날 리 없고 모두 배워야 안다.

어릴 때 읽은 고대 그리스 작가 호메로스의 영웅 서사시 《일리아스》가 실재한다고 믿은 19세기 독일의 사업가 하인리히 슐리만은 트로이 전쟁의 실재를 밝히고자 했다. 자수성

가로 많은 돈을 모은 그는 마흔 무렵 고고학적 발굴에 뛰어들었고 현재 터키 히사를리크 언덕에서 트로이 문명을 발견했다. 체계 없는 발굴 방법과 다량의 유물을 독일로 가져갔다는 이유 등으로 많은 비난을 받기도 하지만 자신이 믿은 것을 증명해 내겠다는 의지로 인해 중요한 역사적 사실이 세상에 드러났다는 점은 인정받고 있다.

우리나라 삼국 시대 때 신라가 한강까지 영토를 넓혔다는 근거로 북한산 진흥왕 순수비를 세웠는데 그걸 정확히 밝혀낸 사람은 추사 김정희다. 글씨 명인 김정희는 고대 명문을 연구하는 금석학에 빠져 있었다. 여기저기 답사를 다니며 비석과 제사용 청동기 등에 새겨진 글씨를 탁본하고 해석했다. 오래된 것에서 새로운 무언가를 만들겠다는 신념으로 옛 글씨를 찾아 나섰던 현장 학습의 결과였다. 알아야 발견하고, 찾아야 알게 된다. 배경지식도 현장도 무엇 하나 중요치 않은 것은 없다. 두 가지는 늘 함께다.

책상에 앉아서 하는 공부가 공부의 전부가 아닌 지금 나에게는 무조건 현장이 먼저다. 활자로 하는 공부는 현장을 이해하기 위한 배경지식 습득이고 우선 해 보며, 몸으로 익히는 쪽이다. 나는 경영이나 커뮤니케이션을 전공하지 않았지만, 홍보마케팅 실무를 하며 현장 감각을 익혔다. 대신 체계는 부족하다. 둘 다 이루어지면 최고지만, 그렇지 않더라도 책에서 배우기보다 실무에서 경험하는 쪽이 훨씬 오래 기억하고 기술 습득도 빠르다. 공부란 활자 속에만 있는 게 아니라 어디까지나 내가 마주하는 세상에 더 확실히 존재한다. 현장 학습으로 직접 해 보는 공부야말로 영원히 내 것으로 삼는 방법이다. 일단 밖으로 나간다. 아무도 시키지 않았지만 자신의 순수한 열정을 따르려면 현장으로 가야 한다.

3장

살아가는 데 도움이 되는 작은 것들

새벽 5시에 일어나 가장 먼저 책상에 앉는다. 의자 옆에는 출근 가방이 준비되어 있고 나는 집에서 나가는 순간까지 이곳에 머문다. 원고를 쓰다가 아침 요가와 식사를 하러 자리를 비우기도 하고, 출근용 옷으로 갈아입고 다시 책상에 앉는다. 이곳은 업무와 작은 학습으로 가득 찬 시간표가 행동으로 바뀌는 현장이다. 계획 세우기를 좋아하는 까닭에 말과 생각만 앞설 때가 많았다. 그런 내가 싫어서 이제는 지키지 못할 약속은 입 밖에 내지 않으려고 무척이나 노력한다. 커다란 꿈과 야망에 취해 살기보다 실상 하찮아 보이는 실행 하나가 실속 있는 법. 아침마다 작은 공부로 하루를 열고 틈틈이 배우는 당연함, 지금 살아 있는 공부다.

어른의 시간표

학생 때 가장 많이 바라보던 사물은 칠판 옆 커다랗게 붙어 있는 시간표였다. 커다랗게 국어 A, 수학 B, 영어와 윤리 등 과목 이름이 적혀 있는 게시물은 시간의 성격을 나눴다. 그때는 별생각 없었지만 지금 와서 보니 시간표는 학기마다 내가 배울 지식의 총량, 교내 생활의 지침이자 오늘 하루가 어떻게 흘러갈지에 대한 예측이었다. 국어, 국사나 윤리처럼 이해가 잘되어 즐거운 과목이 있었고 수학, 과학, 체육처럼 좀체 흥미가 생기지 않는 취약한 과목도 있었다. 어른이 되면 싫어하는 과목은 인생에서 뺄 수 있을 줄 알았으나 그럴 수 없었다. 여전히 모든 공부는 국·영·수 중심이다. 학교를 졸업하면 공부할 일이 없을 듯한 주요 과목이 여전히 나의 시간표에는 현실 버전으로 자리 잡는다.

오늘 아침 1교시는 10분짜리 영어 수업이다. 뒤돌아서면 잊어버릴지라도 간단하게 영어 회화 앱을 열어 오늘의 회화를 한 토막 공부하며 짧은 대화문을 무작정 외운다. 출근길에는 경제 신문을 읽고 요점은 메모장에 정리한다. 출근해 업무를 보다가 점심 먹고 잠깐 미국의 동향을 알려 주는 뉴스레터를 읽는다. 퇴근길마다 지하철에서는 업무와 관련된 책을 파고들어 새로운 접근법을 구상하며 두세 번 다시 읽고 노트 정리를 한다. 집에 돌아오면 요리와 운동뿐 공부는 따로 하지 않는다. 원래 저녁에도 욕심을 부려 배우는 일정을 넣어 두었지만 피로가 더 쌓이는 기분이다. 업무에 지친 저녁에는 운동과 심신 이완의 시간을 보내야 다음날 효율이 배가 된다. 잠들기 전 한자 5자 익히기 정도가 머리 쓰는 전부고, 침대 머리맡에서 펼치는 책도 눈으로 읽다 흘려버려도 괜찮을 가벼운 주제의 것으로 고른다. 평일의 시간표는 대체로 이렇게 흘러간다.

주말에는 흥미로운 교양의 시간, 심화 학습이 기다린다. 미술, 음악과 같은 문화 활동이 주가 되지만 요즘 최대 관심사인 과목 한 가지에 충분한 시간을 할애한다. 다방면에 관심사가 많아 흥미가 사라지면 쉽게 중단하는 내 버릇을 고치려고 마무리 짓는 법을 터득하는 중이다. 일종의 '펼쳤으면 끝내기' 프로젝트. 요즘 관심사는 먹고사니즘과 밀접한 경영, 경제 과목인데 단기에 끝낼 수 없는 분야라 책 한 권을 읽고 노트 정리하고 두세 번 반복해 읽어야 마치는 사이클이다. 그다음에는 관련된 또 다른 책을 읽고 정리하고 이해한다. 3년 정도 해 나가면 이 분야에서 상식은 갖추겠지, 업무에 활용할 정도는 해야지, 하는 바람이다.

시간표는 언제나 귀하게 생각하는 마음인 '한번 해 볼까?'로 채운다. 그러나 무엇이든 한 번만 해서는 결코 알 수 없기에 조금씩이라도 꾸준히 하는 것이 전부다. 시간표는 계속을 위한 지침이다. 일정표가 있다는 자체가 삶을 단순하게 만들어 주기도 한다. 더 나아지고 싶다는 향상심, 매력을 느끼는 세계를 향한 동경심, 무엇보다 자신의 모자람을 느낄 때 생겨나는 불안감 잠재우기는 몰두하는 시간에 있다.

3년 1과목 클럽

다방면에 관심이 있는 내게 가장 흥미로웠던 조언은 "어떤 분야와 관련된 책을 3년 동안 읽으면 준전문가가 될 수 있다"는 것이었다. 마흔에서 앞으로 약 46년*을 더 산다고 가정하면 3년씩 15과목을 섭렵할 수 있다는 계산이 나온다. 매일 훈련해야 하는 영어나 한자 같은 언어, 신문 읽고 트렌드 파악하기는 연속성을 띠므로 예외다. 순수한 관심 분야로만 채우는 철저한 프로젝트성 공부를 계획한다. 지나치게 관심사가 많은 사람들이 입을 모아 말하는 최대 단점은 무엇 하나 제대로 한 것이 없다는 자조에 있다. 앞으로 내 생의 남은 절반은 뭐라도 하긴 했구나, 뿌듯함으로 남길 바라니 3년 1과목 조언이야말로 꽤 재미있는 삶을 보장하는 방법이라 여겨졌다. 3년간 지식을 입력하고 출력해서 내 것으로 만든 다음 새로운 창조로 이어지는 과정을 밟아야 한다. 나는 먼저 이런 테크트리를 세웠다.

---

* 2020년 기준 한국인 여성 기대 수명은 86.5세다

① 관심 과목 15개를 적어 각자 표를 만든다.

② 관련 책이나 수업을 발견할 때마다 그 옆 칸에 메모한다.

③ 체계적인 공부를 위해 입문부터 고급까지 책의 난이도에 따라 목록을 재작성한다. 해당 분야 권위자가 출간한 책이나 논문 목록을 추가한다.

④ 중단하지 않기 위해 꾸준히 노트를 정리하며, 한 과목씩 마스터한다. 이때 실습이나 현장 학습이 포함된다.

⑤ 내가 알고 깨닫게 된 사실을 세상과 공유하고 싶을 때 칼럼을 연재하거나 책을 써 본다. 이건 작가로서 내가 할 수 있는 랩업(Wrap-up)의 영역이다. 자격증, 전시회, 제품, 영상 만들기 등 어떤 식으로든 업적을 기록하고 싶은 여타 지적 인간의 본능과도 같다.

①단계에서 하고 싶은 공부 목록을 나열하던 중, 지금 가장 큰 관심사인 첫 번째 과목부터 3년을 하고 나서 그다음 계획을 세우는 게 좋겠다고 전략을 수정한다. 마침 읽고 있는 책에서 변화무쌍한 시대에 장기 플랜은 오히려 걸림돌이며, 해야 할 일의 우선순위를 정하고 하나씩 해결하라는 조언을 들은 참이었다. 특히 결과를 보고 다음 수를 두라는 조언이 마

음에 남았다.[**] 나는 늘 계획을 과도하게 세우고 이에 짓눌려 실행이 밋밋해지는 경향이 있다. 일단 관심사는 쭉 메모해 가되 지금 내게 가장 필요한 과목인, 현재 업무에 필요한 기획과 마케팅에 대한 심도 있는 공부를 하기로 결정했다.

꾸준함으로 밀고 나갈 수 있는 과목은 과연 내게 몇 가지나 될까. 86세까지 멀쩡한 정신을 갖고 있다면 나는 15과목을 내 나름대로 즐겁게 공부했어, 라고 회고할 수 있을까. 내가 어디로 걸어가고 있는지 확신을 지니고 움직이면 좋겠지만, 나에겐 고속도로가 아니라 표지판이 듬성듬성 세워진 비포장길을 걷는 매일이 익숙하다. 살다가 어떤 함정을 만날지는 모른다. 뭐라도 한다면 가끔 밀려오는 삶의 지루함, 시간이 덧없이 흘러가 버린다는 기분보다는 낫겠지. 지적 생활에 마음을 기대어 본다. 사우나학의 창시자가 되어 온갖 목욕법을 시도하며 전 세계 온천을 탐방할 수 있고, 레오나르도 다빈치처럼 살아오며 배운 모든 과학적 지식을 그림 하나에 담아두듯 살아도 좋은 거라고. 무언가 시도하거나 배울 때 내가 온전해지는 기분 그 하나라도 괜찮다.

** 이근상, 《이것은 작은 브랜드를 위한 책》, 몽스북, 2021
 – 광고, 마케팅에 대한 책. 어떤 내용은 무생물 브랜드가 아닌 살아 있는 내게 조언하기에도 손색없었다.

집요하게 읽는 훈련

국어 공부를 따로 하지 않아도 나는 하루 종일 읽거나 쓰며 시간을 보낸다. 글 쓰는 직업을 가졌으니 당연하고, 회사원인 나도 출근하면 가장 먼저 메일을 확인한다. 중요도 순으로 내가 개입해야 할 부분이 많은 업무라면 정독하고, 그 외 참조받은 내용은 '사선 읽기'로 중요 키워드만 골라낸다. 어느 순간에도 핵심을 간추린 메모는 빠지지 않는다. 단지 글을 읽을 줄 안다는 이유로 하루에도 엄청난 양의 정보가 사방에서 쏟아져 들어오지만, 핵심을 파악해 돈을 버는 데 응용하거나 내가 좀 더 나은 삶을 살 수 있는 에너지로 바꾸기는 어렵다. 대충 읽어 낸 정보로 지식을 쌓아 통찰력까지 얻기란 아마 오랜 시간이 걸리지 않을까.

그래서 나를 좀 바꿔 보기로 한다. 책 하나를 진중하게 읽기. 모든 책이나 기사, 보고서가 그렇지는 않겠지만, 공부용 독서만큼은 집요하게 읽는 훈련을 시작했다. 최근 경영 관련 대중서를 자주 읽는데 모르는 내용투성이고 막히는 부분이 많아 집중도 잘 안 된다. 이 분야의 초보 신세를 벗어나려면 마음가짐부터 달라져야 했다. 책을 완독했다는 짧고 쓸모없는 성취가 중요한가? 이제껏 알면서도 실천하지 못했을 뿐 한 분야에서 깊어지려면 한 권이라도 제대로 읽는 쪽이 맞다.

모르는 내용은 빠르게 넘어가고, 이해하는 부분만 공감 표하기를 그만둬야 한다. 예컨대 테일러식 경영 관리, TOC, BPR, 애자일 같은 단어가 등장하면 흐린 눈으로 글자만 읽고, 상식적으로 받아들일 수 있는 조언인 "회사가 돌아가는 판을 잘 읽고, 논리적인 사고로 시장의 흐름을 분석할 수 있으며, 숫자로 말하고, 정확한 피드백을 통해 다음 방향을 제시한다는 것, 주변에서 일 잘한다고 평가받는 사람의 특징"• 이라는 말에만 고개를 끄덕이지 말자는 뜻이다. 이런 방식의 독서는 지식용이 아니라 동기 부여에 불과했고, 그간 많은 책을 읽어 왔음에도 확실한 내 것이 없던 이유였다.

꼭지 하나를 읽고 요약 노트를 만들어 모르는 단어가 나오면 개념 정리를 한다. 이 모든 방식이 학생 때와 똑같지만, 차

• 피터, 《기획자가 일 잘하는 법》, 와이즈베리, 2021

이점은 시험을 대비해 요약 노트를 달달 외우기보다 현실 업무나 삶에 어떻게 적용할지 고민한다는 점이다. 아마존의 업무 방식 중 글쓰기에 대해 배워 기획안을 쓸 때 미사여구나 모호한 표현인 '충분한 달성' 대신 '30% 이상 달성'으로 정확한 데이터를 넣어 쓰려는 조그마한 시도라도 말이다. 나의 이 모든 '잘 읽고 바로 적용하기' 훈련은 '똑부'•• 회사원이 되고 싶다는 바람에서 출발한다. 내가 생각하는 똑부의 첫째는 잘 읽는 사람이다. 대충 읽어 넘기고 남에게 물어보지 않기, 핵심 없는 질문하지 않기, 자료 정리 잘하기도 광의적인 의미에서 제대로 읽기에 포함이다. 똑부보다 더 큰 꿈을 꾼다면 마치 CIA 요원에 빙의한 것처럼 정보를 수집하고 커다란 그림을 그리는 통찰력을 키워 가고 싶은 희망 사항도 있다.

업무 미팅까지 시간이 남아 카페에서 이 글을 쓰는 내 눈앞에 '10일 유통 장수 생막걸리'라 쓰인 운반 차량이 지나간다. 10일 유통이 막걸리에서 왜 중요하지? 그냥 막걸리와 생막걸리의 차이는 무엇이지? 나는 쓰기를 잠시 멈추고 브랜드 메시지의 실체를 파헤친다. 집요한 읽기는 생각과 의문이 뒤

•• 똑똑하고 부지런한 유형의 회사원을 의미한다. 자매품으로 똑게, 멍부, 멍게가 있다.

따르는 읽기다. 흘려 읽지만 않으면 어디에서나 배울 거리가 있다.

숫자와 친해지는 오늘

이우환 화백은 "어긋남을 메우는 일. 그것을 실현하기 위해 인간은 한없이 로맨틱한 꿈을 꾼다"고 그의 책 《여백의 예술》에 적었다. 이 아름다운 문장을 내가 하는 가벼운 수학 공부에서 찾는다. '멍청이'라고 스스로를 욕해도 자조가 아닌 사실의 영역이 있다면 바로 수학일 테다. 보통 중년이 EBS 예비 중학 수학 교재를 사는 경우는 아마 자녀를 위해서가 아닐까. 나를 제외하고 말이다. 무슨 필요가 있다고 '애들'이 배우는 기초 수학에 미련을 가진단 말인가. 누군가 COS라는 의류 브랜드를 코사인이라 읽어 순간 무슨 뜻이지 갸웃거리고, '부피와 무게는 같다'는 결론으로 500ml 용량의 밀폐 용기에 한 봉지 500g인 견과류를 다 넣지 못한 내가 부끄러워서? "수학자가 아닌 사람은 내 글을 읽지 못하게 하라(혹은 기하학을 모르는 자는 아카데미에 들어오지 말라)"는 플라톤의 전언도 있다. 고대 그리스 플라톤 아카데미에 입학하려면 수학, 기하학(둘의 차이가 무엇인지는 모른다)을 알아야 한다. 현대를 사는 나도 인문과 기술이 융합되는 이 시대에 인문 하나만을 고집하다간 고급 지식에는 영원히 닿을 수 없을 것이다. 실제로도 공학 분야 같은 기술 이야기가 나오면 머릿속이 새카매진다.

살다 보면 자신이 유독 바보 같다고 생각하는 부분에 부채감을 느끼는 경우가 생긴다. 지금 내게 딱히 필요 없는 수학을 굳이 찾아보는 이유는 일종의 빚 청산이자 '나는 수학 못하는 사람'이라는 틀에서 벗어나고 싶어서다. 적어도 상식은 갖추길 바라는 마음에서. 그 첫걸음, 숫자와 친해지기 위해 요즘 나는 문서에서 숫자를 읽지 않고 넘겼던 습관을 고치고 있다. 그러니까 지금껏 나는 활자는 제대로, 숫자는 흘리듯 읽었다. 매출액이 얼마였지? 마감 기한은 언제까지였지? 누가 숫자를 물을 때 바로 대답할 수 없었던 이유다. 숫자에 약하다고 발뺌하지 않고 한 번 볼 것을 두 번, 세 번 보며 숫자를 각인시킨다. 그 숫자가 그냥 수의 조합이 아닌 구체적인 의미를 담고 있음을 스토리로 풀어 또 한 번 복기한다. 지난달보다 매출이 늘었군, 몇 퍼센트의 마진이 남았군…. 사업계획서에서 오직 숫자만 보는 임원들처럼 말보다 숫자가 전달하는 정보를 파악하려고 끙끙댄다. 수학은 셈에 가까운 영역만 있지 않다. 공간 도면 보기부터 차트 보는 것 모두 수학 지식이 필요하다. 내가 학창 시절 수포자였을 때, 누군가 내게 사칙 연산만 해도 먹고살 수 있다고 위로했다. 더 잘 먹고 잘 살기 위해서는 수학을 포기하지 말았어야 했음을 사회에 나와 보니 알겠다. 결코 쓸데없는 공부란 없음을.

회사원으로서 나는 성장률 계산하기, 총액에서 세액 분리하기, 할인율이나 견적서 만들기 정도의 계산은 할 수 있고, 파워 쿼리까진 쓰지 못하지만 기초 엑셀은 다룰 줄 안다(고 말하기엔 쓰는 함수도 제한적이고 대단치 않다). 공부에 욕심을 부리면 부릴수록 해야 할 공부가 눈덩이처럼 불어난다. 나는 부족함을 메우기 위해 달달한 꿈을 꾸기보다 한눈에 읽기 어려운 수십억 단위 숫자를 한글로 옮겨 적으며 단어 외우듯 외운다. 내 경우 아라비아 숫자보다 한글로 적어 둔 숫자가 머리에 오래 남기 때문에 쓰는 방법이다. 한눈에 긴긴 숫자를 읽는 멋짐과는 거리가 멀지만 아무것도 하지 않은 채, 어색한 웃음을 흘리며 바보처럼 “수학이 약해서요”라고 말하는 나보다는 낫다. 조금 안쓰럽게 느껴지는 모습이지만 이런 나를 포기하지 않았으면 좋겠다.

요즘 숫자를 똑바로 읽으려 드는 내가 대견하다. 회사에서 상사가 업무 진행률을 물어보면 "거의 다 해 가요"가 아니라 "3/4 정도 진행했고, 2시간 후면 마무리 가능합니다"라고 숫자 섞어 말하기는 체화 완료. 새로운 외국어를 익힌 기분이다.

나의 금융 문맹 탈출기

새벽 4시. 평소보다 일찍 눈이 떠졌다. 나스닥이 폭락하면서 잠든 사이에 내 계좌는 실시간으로 가난해지고 있었는데, 어떻게 대응해야 할지 몰라 넋 놓고 있다가 마이너스가 되어버린 계좌를 망연히 쳐다보고 있던 나날이다. FOMC(연방공개시장위원회) 회의 결과 연준(FED, 연방준비제도)이 인플레이션을 잡기 위해 금리 인상을 단행하고, 대형 테크주 위주로 낙폭이 심해지는 상황이었다. 예전의 내게 이런 뉴스는 이해할 수 없는 소리에 불과했고, 신문 헤드라인으로 적혀 있어도 나와 상관없는 소식이었지만 지금은 다르다. 어느 정도 이해 가능한 수준의 매우 소중한 정보이며, 내 계좌 색깔에 즉각적인 영향을 미치므로 예의주시한다. 투자를 시작한 후로 사고 구조가 많이 바뀌었다. 보기만 해도 머리가 멍해지던 숫자와 가까워진 것도, 경제 뉴스를 진심으로 읽는 나도 달라진 점이지만, 무엇보다 이 세상에 사는 나를 보다 현실적인 시선으로 바라본다.

적게 벌면 적게 쓰면 그만이지. 호기롭게 마음먹어도 봤지만, 월급 빼곤 다 오른다는 말이 남의 일이 아닌지라 여윳돈으로 느지막이 재테크를 시작했다. 물가 상승만큼은 내 의지로 할 수 있는 영역이 아니기도 했지만, 더 큰 문제는 나이 들수록 돈 쓰는 단위가 달라짐에 있다. 경험의 폭이 넓어지니 만족점이 지나치게 올라가 버린 거다. 슈퍼마켓에서 300원짜리 쭈쭈바로 행복했던 어린이는 사라지고, 이탈리아에서 젤라또를 먹는데도 감동은커녕 심드렁한 어른에게는 돈이 참 많이 든다. 다시 300원(이제 이 값의 군것질거리는 슈퍼마켓에서 찾기 어렵지만)의 행복을 찾지 못한다면, 열심히 돈을 벌거나 작게 줄인 욕심의 크기를 꾸준히 유지해야 한다.

그러나 자본주의하에 사는 사람치고 극단적으로 한 가지만 추구하며 살기란 어렵지 않을까. 나는 가만히 있는데, 주변이 늘 들썩인다. 여기저기 좋다는 무언가 또는 불안한 소식이 들리고 나는 호기심과 소외감이 치솟는다. 그 모든 떠들썩함에는 돈이 드는 경우가 많다. 나 역시 소소한 행복이 묻어나는 일상을 살아도, 가끔은 사치스러운 이틀이 필요했다. 좋은 음식, 편안한 집, 깨끗한 옷이 하늘에서 저절로 떨어지지 않고, 지루함을 쉽게 느끼는 뇌를 위한 색다른 경험 역시 마찬가지로 돈을 내야 했다.

가진 종잣돈이 많지 않아서 시작한 주식 투자는 통신 요금을 그 통신사의 주식을 사서 배당금으로 갈음하고, 내가 투자하는 회사의 차가 도로에서 보일 때마다 1주씩 모아 가는, 소위 말하는 장기 투자였다. 여기에 즐겨 입는 요가복 브랜드의 주식을 사서 나의 레깅스 값을 나중에 모두 돌려받겠노라고 목표를 잡는 실생활 밀착형 투자다. 이제까지의 회사원으로 인생을 절반 가까이 살았으면서 재무제표를 읽는 법을 몰랐는데, 투자를 하면서 회사 시스템 자체에 관심이 커지기도 한다. 흥미 없고, 관심 없어 하는 영역이란 영원하지 않다. 언제나 어떤 계기 하나만 주어지면 빠르게 내가 사는 세상에 들어오곤 하니까.

"일이 아닌 진심으로 경제 신문 읽는 게 즐거울 수 있고, 니켈이나 이차전지 같은 전혀 관심 없었던 주제에 눈과 귀를 여는 게 참 신기하지 않아요?" 아는 부장님과 저녁을 먹으며 어느새 투자 이야기로 흘러갔는데 얼마나 벌고 잃었는지, 어디에 투자할지, 이런 주제의 대화가 생소하지만 새롭기도 했다.

한때 돈은 가장 낮은 위치에 있는 관심사였다. 내가 겪은 인생의 불행 대부분이 돈 때문에 벌어졌는데도 돈과 친하게 지낼 생각을 못 했다. 돈을 밝히는 자체를 터부시하던 어린 시절 분위기는 자본주의의 이점을 활용하기보다 체면치레에 더 급급하게 만든다. 나는 조기 금융 교육은커녕 부자처럼 보이기 위해 가난뱅이 신세를 면치 못했던 소비 중독 시기를 겪어야 했고, 고강도의 업무를 버티다 병이 난 것도 카드 청구서 때문이었다.

돌이켜보면 진정한 불행은 금융 까막눈으로 살았던 시간이다. 나이가 들수록 노동 소득에 의지해 살아가기 어려운데 나는 자본주의에 지나치게 늦게 눈을 떴다. 금융 비문맹률을 나타내는 파이낸셜 리터러시(Financial Literacy)에 따르면, 우리나라 금융 문맹률은 142개 조사 국가 중 81위•라고 한다. 금융 문맹 탈출의 유일한 방법은 관심과 공부, 실전에 있다. 재무 계획을 세우는 법이 궁금하다면 금융감독원이 배포하는 '재무 진단 테스트'와 각종 자료를 훑어보고, 경제 신문을 꼼꼼하게 읽고, 투자 관련 책이나 증권사 유튜브 채널의 조언을

• CFA한국협회(CFA Society Korea) 홈페이지에서 제공한 자료를 인용했다.

참고해도 좋다. 금융 문맹을 탈출하면 내 돈이 일하는 모습을 매일 확인하며 여유로운 노후를 꿈꾸거나 하락장에서 전전긍긍하는 경험도 할 수 있다. 전전긍긍하면서도 버틸 수 있는 까닭은 내가 매일 공부하며 모은 자료와 노트에 적어 둔 투자 일지 때문이다. 덧붙이면 시대를 이끄는 최고의 기업에서 일할 기회를 갖는 건 너무 어렵지만 동경하는 회사에 투자할 수는 있다. 그 자체가 내가 가진 허영심을 약간 충족하는 꽤 흥미로운 부분이다.

① 이른 아침 매일 5~10분 - 네이버에서 제공하는 무료 일일 영어 회화를 매일 듣고 말하며 퀴즈를 푼다.

② 점심시간 매일 10~20분 - 모닝 브루(Morning Brew) 뉴스레터를 받아서 읽는다. 모닝 브루는 미국에서 발행하며 뉴스를 간략하게 요약해서 보내주는 무료 메일링 서비스다. 종합/테크/리테일 등 주제별로 받을 수 있는데, 나는 종합과 테크를 구독하고 있다.

③ 영어 단어는 네이버 사전 앱에서 제공하는 단어장에 저장하고 자투리 시간이 남을 때 복기하고 퀴즈도 푼다. 단어 암기의 필요성은 느끼나 그보다 문장을 많이 접하면서 특정 단어의 용례에 익숙해지는 쪽을 선호한다.

④ 나와 같은 직업군이 주인공인 현대극을 찾아본다. 예컨대 〈에밀리 파리에 가다〉는 마케팅, 홍보를 업으로 삼고 있는 나에게 유용한 표현을 자주 접할 수 있다. 오피스에서 쓸 수 있는 표현이 나오면 문장을 노트에 적어 두고 내 상황에 맞춰

바꾼 다음 암기한다.

⑤ 한 달 기준으로 하버드 비즈니스 리뷰의 칼럼 하나를 필사 및 해석하고 읽는다.

추가로 팟캐스트는 배경음악처럼 듣는데, 주로 미국 공용 라디오 방송인 NPR의 〈How I built this〉, 스타트업의 설립자를 게스트로 초청해 창업 성공 케이스를 들려주는 내용과 HBR의 〈Cold Call〉 등 요즘 경영 트렌드에 대한 정보를 전달하는 방송으로 끊임없이 '비즈니스 영어'를 접하려 안간힘을 쓴다. 예전에도 그랬고 지금도 그러하며 앞으로도 달라지지 않을 일상이다. 업무를 하며 쓰기 공부를 더 하는데 실전에서 부딪히는 방법을 쓴다. 모든 공부는 인풋만 있고 아웃풋이 없으면 제자리걸음이므로 회사 업무로 영어 쓸 일을 굳이 만든다. 회사에서 취급하고 있는 상품을 소개하기 위해 여러 각도에서 콘텐츠를 기획할 때, 해외 디자이너와의 인터뷰 칼럼을 만들었다. 섭외부터 인터뷰까지 모두 영어를 사용한다. 기획자로서 나의 욕심 반, 어떻게든 일상에서 영어를 쓰겠다는 의지 반의 결과물이다.

《이 작은 책은 언제나 나보다 크다》의 작가 줌파 라히리는 이민자 가정 출신으로 어머니의 언어, 어쩌면 진정한 모국어일지도 모르는 벵골어는 읽고 쓰지 못하는 영어 원어민이다. 작가는 이를 "언어에서 추방당했다"고 표현한다. 그러다 출신과 관계없는 이탈리아어와 사랑에 빠져 영원히 함께하고 싶다고 말한다. 자신을 속박하고 있는 언어 굴레에서 벗어나 이탈리아어를 배워 그 언어로 소설을 쓰는 과정을 담았는데, 암호로 이뤄진 이국의 세계가 언어로 말미암아 나의 한 부분이 되는 친밀함이 느껴졌다. 나는 여러 나라의 외국어를 입문, 정확히 말하면 기웃거려 봤다. 지금은 무용한 욕심을 덜어내고 영어, 오직 그 하나에만 매달리고 있는데, 영어는 공부가 아닌 단지 일상에서 더 빠른 고급 정보를 접하는 매개에 가깝다. 그런 실용의 언어지만, 책 속 줌파 라히리의 시도가 인상 깊었던 나머지 언젠가 나 역시 영어로 능숙하게 글을 쓰고 싶다는 바람을 갖게 한다. 그냥 스치듯 '그렇게 되면 좋겠네'라는 동경이 잔잔한 열정으로 남는다.

언어에 남다른 감각을 가진 사람들은 받아쓰기의 유용함에 대해 말한다. 스크립트가 있는 영상이나 팟캐스트의 일정

부분을 받아쓰고, 큰 소리로 따라서 10회 이상 말하고 녹음해 들어보라고 한다. 단수와 복수에 따른 관사, 적절한 전치사와 같이 문법적인 부분도 세밀하게 관찰하기를 권한다. 무엇보다 자신의 관심사를 기반으로 공부해야 한다. 수많은 공부 목록보다 하나를 붙잡고 제대로 하는 것이 언제나처럼 정답이라고 여긴다. 직장인인 나는 공부에 많은 시간을 쓸 수 없어 큰 부담 없이 계속할 공부 거리가 필요할 뿐이다. 매일 들이는 시간은 적을지언정 수많은 영어 공부 목록을 하나씩 해 나간다.

매일매일 5분 한자

대학교 1학년 교양 일본어 수업, 학생에게 사람들 앞에 나가 칠판에 암기한 일본어 문장을 쓰게 하는 교수가 있었다. 어느 날 나는 판서를 하다 문장에서 글월 문(文)과 아버지 부(父)를 헷갈린 나머지 웃음거리가 되었고, 원래 좋아하지도 않았던 한자가 더 싫어졌다. 어릴수록 수치심 세포가 활성화되어 있어 창피를 당하면 위축되고 금방 포기한다. 나이를 먹을수록 별의별 일을 직·간접적으로 겪으니 웬만한 일에는 눈 하나 꿈쩍 안 하는 철면이 될 줄은 그때는 몰랐다. 당연히 일본어도 흥미를 잃었다. 이제 웃음거리가 되면 순간 화끈거릴 뿐 나의 잘못이나 모자란 점을 인정하고 받아들이거나 '그러려니(또는 어쩌라고?)' 하는 심정이 되는데, 무지(無知)는 다른 영역이다. 이 부분에 있어서만큼은 부끄러움을 알아야 한다.

내가 고미술을 포함한 동아시아 문화에 취미를 붙인 이후로 한자가 자주 등장하니 잠자코 있기 어려웠다. 잠들기 전에 한자를 익히는 시간을 가지는데, 일상에서 쓰거나 영어처럼 지배적인 언어가 아닌 탓에 지속적으로 노출될 일도 없으니 돌아서면 기억이 나지 않는다. 그러다 한자를 왜 하는 걸까, 프로그래밍 강좌를 들으며 품었던 의문과 똑같은 의문이 생겼다. 단어와 사자성어를 외우려고? 누구나 초심으로 돌아가자는 말을 곧잘 하는데 가끔 내가 이걸 왜 좋아했지, 어떤 이유로 하려고 했는지를 망각하고 눈앞에 해야 할 일을 과제처럼 해치우기에 급급할 때가 있다. 마치 프로그래밍 된 기계처럼 나 역시 한자 3급 교재를 펼치고 반 페이지씩 매일 읽고 쓰는 것 자체가 목적이 되어 버린다.

본래 나는 박물관에서 시서화를 감상할 때, 그림에 곁들여진 시어를 읽고 싶었다. 한자 몇 가지를 더 알면 분명 도움이 되지만 내가 궁극적으로 원하는 바는 글자 자체가 아닌 문장이며, 그 속에 깃든 아름다움이다. 자격증 교재로 하는 공부가 더없이 칙칙하게 느껴질 법도 하다.

此秋聲也(차추성야)로다 : 이것은 가을의 소리구나.

胡爲而來哉(호위이래재)오 : 어찌하여 온 것인가

(중략)

童子莫對(동자막대)하고 : 동자는 아무 대답 못하고

垂頭而睡(수두이수)하니 : 머리를 떨구고 자고 있다.

구양수의 〈추성부〉에서 세월이 흐르는 것을 한탄하는 시인데 내가 좋아하는 부분은 구양수가 이를 서글퍼하는 동안 동자(하인)는 자고 있는 부분이다. 재미있는 대조다. 누군가에게는 세월 무상의 한탄 어린 때가 같은 시공간에 있는 다른 이에게는 잠이 오는 순간에 불과하다. 이런 공감과 해학이 있는 시를 더 많이 찾아 읽고 싶다. 나의 목적은 한자를 많이 아는 것이 아니라 한자로 적힌 이야기에 감동하는 순간임을 되새긴다. 지금 하는 '5분 한자'는 고미술과 시를 읽기 위해 문자에 익숙해지려는 훈련이다. 금전적 이득을 계산하지 않은 순수한 탐구심이었는데 점점 더 고급 한국어를 익힌다는 부수적인 효과가 뒤따른다.

"작가님은 한자어를 많이 쓰는 것 같아요" 이런 피드백을 한 출판사 대표님으로부터 들었다. "읽기 어렵다는 말씀이신 거죠?"라 되묻고는 최대한 편안한 한글을 찾아 쓰려 했지만, 글쓰기의 기본인 '한 문장에 중복된 단어 넣지 않기'를 지키고

자 한자어를 가져오게 된다. 그리고 내가 방금 쓴 문장 하나에도 '기본, 문장, 중복, 단어, 한자어' 모두 한자어다. 순수한 한글 '나랏말싸미 듕귁에 달아' 같은 언어는 제한적이다. 그래서 다시 '몰라, 그냥 한자어 쓸 거야'라는 생각을 하고 만다.

요즘은 자격증 교재의 지루함에서 벗어나 논어의 한 문장에서 가져오기도 하고 한시에서 찾아내기도 하는, 초급-중급-고급이라는 학습 단계를 가볍게 무시하는 한자 공부를 한다. 대단한 목적이 없는 공부에서 중요한 건 기초 탄탄하게 쌓기, 단계별 학습이 아니라 나의 흥미 유지가 먼저다. 오직 눈앞에 있는 명작을 바라보고 눈에 띄는 시어의 해석을 찾아보며 본래 뜻을 파악하는 것만으로도 충분한. 그러니까 객관적으로 실력을 증빙하지 않아도 되니 가능한 자유로움에 닿아 있다. 알파벳을 제대로 배우지도 않고 바로 문장을 읽으려 하는 무식하면 용감해지는 방향이기도 하고. 그러나 학습법을 나의 기호에 따라 바꾸자, 적어도 '이걸 왜 하고 있지?' 하는 의문은 없어진다. 오히려 시작은 쉽지만 계속은 어렵다는 명제에서 벗어나 재미있어서 지속할 뿐이다. 다음에 산에 오를 때는 멋진 한시를 찾아 들고 올라가 산수(山水) 속에서 읽고 감상하는 지적 사치를 부려 보려고 한다.

덧붙이는 말

이런 한시를 챙겨서 등산을 떠나면 풍류가 살아날까?

兩箇黃鸝鳴翠柳(양개황리명취류) : 한 쌍의 꾀꼬리는 푸른 버드나무 위에서 울고

一行白鷺上靑天(일행백로상청천) : 백로는 푸른 하늘 위를 줄지어 날아오르네

- 두보, 〈절구(絶句)〉

지적 자극을 찾아서

나는 사람들과 원만하게 지내는 편이지만, 남에게 필요 이상으로 관심을 갖거나 늘 누군가 곁에 있어야 안심이 되는 사람은 아니다. 우르르 몰려다니는 것도 그렇게 좋아하지 않는다. 사교적인 만남 역시 별로 갖지 않는다. 아주 오래전에는 사람들과 꽤 어울렸지만 세월이 흐름에 따라 사람은 점차 자신에게 가장 편안한 것을 알게 되기 마련이다. 이제는 혼자 집중하며 배우는 시간이 기껍다. 비로소 제대로 된 옷을 입은 느낌. 그런고로 주말이면 혼자 무엇이든 배우러 다닌다. 그곳에는 나와 같은 것을 좋아하는 전혀 모르는 사람들이 맞이해 준다. 엄밀히 말하자면 그저 거기에 존재한다. 같은 수업을 듣고 동질감을 느끼고 새로운 자극을 받지만 개인적으로 친해질 기회는 딱히 없는 시간이다.

예술의 전당에서 열린 유홍준 교수의 〈추사 김정희〉 일일 강연을 찾았을 때 백 명이 넘는 사람들이 강의실을 빼곡히 채

웠고, 김정희의 탄생부터 죽음까지 다루기에 2시간이 짧다는 교수의 말에 사람들은 왁자하게 웃었다. 세미나를 참석할 때면 배우고자 하는 사람들의 열기에 감화된다. 그리고 나와 비슷한 관심사를 가진 이들이 최소 이만큼이라는 사실에 놀라곤 한다. 시서화를 좋아하는 이가 내 주변에 아무도 없다 보니 꽤 마이너 장르라고 생각했으나 아니었다. 마치 야구 경기장에 사람들이 몰리는 것처럼 이곳에도 수없이 많은 사람이 있다. 국립중앙박물관에서 종종 학술회를 방불케 하는 대규모 세미나가 열리는데 주로 평일에 진행해서 일반인이 참석할 수 있는 열린 강좌인데도 직장인이라 연차를 내지 않고서는 가기 어렵다.

딱 한 번 박물관 세미나를 찾아갔을 때 정시에 간 연유로 세미나실 바깥에서 앉지도 못하고 서서 화면으로 강연을 들어야 했다. 세미나실은 소규모 극장만큼 컸지만, 많은 관계자가 일찍이 자리를 채웠다. 내 주변 사람들이 나와 관심사가 다르다는 이유로 가끔 대화의 단절을 맛보지만 같은 부류의 사람들이 모인 곳에서 나는 한없이 작아지고 모자람을 느낀다. 그렇게 세미나를 다니다 보면 지식보다는 어떤 동질감이 늘어난다. 같은 분야를 향유하는 사람들이 뿜어내는 기운은

놀라울 정도로 신선하다.

내가 관심 있는 모든 기관이나 단체의 소셜미디어를 구독하고, 메일로 뉴스레터를 받아 보며 듣고 싶은 강연이나 세미나를 여는지 또는 공연이나 전시는 무엇이 개최되는지 수시로 살펴본다. 또 요리나 차 수업 중 끌리는 원 데이 클래스가 있는지도 확인하고. 서울에는 늘 다양한 문화 행사가 열리고 사설 수업은 셀 수 없이 많아 공기처럼 당연하게 누린다. 가족의 품을 떠나 15년 넘게 서울에 살고 있는 내게 이곳은 양면을 가진 도시다. 평일 일터에서 서울은 그저 '체험 삶의 현장'이지만 주말이면 서울에 놀러 나온 지방 사람 기분으로 지적 자극을 찾아 돌아다닐 때 그렇다. 익숙함 속의 낯섦. 내가 부평초처럼 느껴질 때마다 말한다. 어느 곳에 산다 해도 달라지지 않는 단 하나, 그곳에 머무는 동안 도시가 부여하는 지적 기회를 최대한 누리고 살기를. 정신적인 풍요로 가득 찰 배움을 기대하며 살아가기를.

4장

우아한 교양과 낭만의 부재

영화 〈죽은 시인의 사회〉에서 “캡틴, 오 마이 캡틴”이라 불리는 키팅 선생님은 학생들에게 “의학, 법률, 경제, 기술은 삶을 유지하는 데 필요하지만 시와 미, 낭만, 사랑은 삶의 목적”이라고 말한다. 갓 사회에 나온 ‘어린 어른’이었던 나는 꿈과 현실 중 무엇을 따라야 하는가를 만나는 ‘어른’마다 붙잡고 물었던 적이 있다. 이제는 그 답을 안다. 둘의 우위는 가릴 수 없고, 삶은 이 두 가지로 굴러간다는 것을. 먹고살기 위한 현실적 공부가 일상의 7할을 차지하지만, 3할은 정신적 교양 쌓기에 할애한다. 치기 어린 거친 말투와 몸가짐을 보일 때, 부족한 소양으로 오가는 대화를 이해하지 못하거나 이렇다 할 나만의 확실한 취미가 없을 때도 나는 부끄러웠다. 교양 공부의 시작은 어디까지나 세상과 어울리기 위함이었다. 그래서인지 어떤 분야라도 순수하게 아름다움에 감탄하기보다 결국 지식을 탐하는 방향으로 흐른다. 이런 성향 때문에 오히려 남을 모방하는 것도 나를 찾는 것도 아닌 더 나다운 내가 되는 취향적 삶을 살고 있다.

어떤 취향

우리는 서점을 향하고 있었다. 친구는 최근에 읽은 책을 이야기하며 칸트에 대해 말했고, 나는 가볍게 공리주의를 말했다. 대화를 나누는 우리 중 누구도 철학을 깊이 공부한 적이 없다. 공통점이라곤 지적 세계에 대한 동경이 큰 지식 소비자라는 거다. 솔직히 책을 매우 좋아하는 그 친구가 어떤 마음을 품고 있는지 모르지만, 적어도 나는 그렇다. 지금 내가 관심 있는 모든 것들 ; 미술과 역사, 미학과 철학, 차 그리고 꽃꽂이, 피아노 치기와 클래식 음악 감상 같은 고급문화는 경제적 여유가 어느 정도 생긴 어른이 되어서야 향유하기 시작했다. 어린 시절에는 아이돌 그룹의 대중가요를 듣고, 왕가위 감독의 영화가 최고의 예술이며, 지브리 스튜디오 애니메이션이나 만화 〈짱구는 못말려〉가 재미있었으니까. 서른이 지나 마흔이 되는 동안 그런 대중문화가 크게 새롭지 않았다. 익숙함이 주는 지루함이 더 커지고 말았다.

프랑스 사회학자 피에르 부르디외는 취향이란 "인간이 다른 사람들에게 비치는 것의 기준"이라고 정의했다. 취향이라는 문화 자본을 통해 사람들은 스스로를 구별하며, 다른 사람들에 의해 구분된다고. 그는 아비투스(Habitus)라는 개념을 말하는데 한마디로 가정의 분위기에서 물려받고 교육으로 다져진 내면화된 성향이다. 소설가 최민석은 에세이 《피츠제럴드》에서 취향에 대해 "한 사람이 자라난 가정의 분위기, 여행 간 곳의 정취, 입어온 옷의 질감, 마신 차의 향, 대화를 나눈 사람들의 품격 등으로 결정되는 살면서 체험한 모든 취미, 레저, 교양 행위로 쌓아낸 자산"이라고 정의한다.

내가 취향의 본질에 대해 수집한 내용은 얼마 되지 않지만 지금 나의 취향이 부르디외가 말한 구별 짓기나 자라 온 집안 분위기와 상관없음은 안다. 흔히 세상 사람 10명 중 7명은 나에게 무관심하고, 2명은 나를 싫어하며, 1명이 나를 좋아한다고 말할 만큼 내가 이 세상의 주인공일 이유가 없는데, 평범한 내가 무얼 하든 '난 다르다'며 구별 짓는 계급이 되겠는가. 유튜브만 접속해도 발레, 클래식 콘서트 등을 무료로 볼 수 있는 세상에서 고급문화를 접할 기회가 부족하다고 할 수 있을까.

나에게 취향이란 지금까지 내가 읽은 수없이 많은 책이 쌓이고, 사회생활로 다양한 배경을 가진 사람들을 만나 대화를 하고, 여러 나라의 별미와 좋은 장소, 완성도 높은 물건을 자주 접하는 일상을 보내며 만들어진 나만의 고유함에 가깝다.

소설 《고슴도치의 우아함》에는 프랑스 상류층이 모여 사는 파리 그르넬가 7번지의 고급 아파트 수위인 르네가 나온다. 르네의 겉모습은 사람들이 생각하는 보편적인 경비원이지만, 그 안에는 깊은 철학 지식을 보유한 지성인이 존재한다. 사람들은 흔히 경비원에게 인문, 철학 등의 지적 배경이 필요하지 않으리라 생각한다. 그래서 꾸준히 책을 읽고 관심사를 키워 온 르네가 그렇게 깊은 교양을 지닌 인물이라 아무도 생각지 않으나 오직 그 아파트의 천재 소녀 팔로마와 일본인 사업가 가쿠로 오주만이 르네의 본모습을 알아본다. 부유하지 않고 대단한 학교를 졸업하지 않은 평범한 직업을 가진 르네는 겉은 고슴도치지만 교양 측면에서는 풍성하여 우아함을 갖추고 있다. 나는 르네의 모습에 어떤 동질감을 느꼈다. 남들의 인정과 상관없이, 또 내가 무슨 일을 하든지 자신만의 고상한 교양 탑을 세울 수 있는 삶을 살아가겠노라 다짐했던 순간이기도 하다.

육체노동자가 퇴근 후 마시는 와인, 맨손으로 시작해 부자가 된 후로 다른 곳에는 돈을 쓰지 않지만 고급 오디오에는 억대의 돈을 쓰고 자신만의 청음실에서 클래식 음악을 듣는 것, 수위로 일하지만 철학적 지식을 가득 쌓은 소설 속 주인공처럼 평범함과 조화롭지 않은 어떤 귀족적이거나 교양의 상징이 만날 때 남들이 충족시켜 주지 못하는, 존중 받는 기분을 스스로 챙기는 삶에 대해 생각한다. "클라이언트가 아무리 지랄해도 나는 이렇게 번 돈으로 호텔에 있는 카페에 가 대접받으며 주말을 보낼 거야". 오래전 회사 사수가 거래처에 일방적으로 당하고 난 다음 내뱉은 말이다. 감정 없는 사물이 아닌 한 사람으로 대우받고 싶은 욕구. 멸시에서 자신을 구할 도구 하나쯤은 누구나 필요한 법이다.

우아함의 교본

십 대부터 지금까지 내가 집착하는 단어는 우아함이다. 미래에도 내가 변치 않고 이 말이 주는 매력에 허우적거릴지는 모르겠지만, 여태 이 추상적이고 모호한 개념이 모든 취향의 동기였다. 스스로 초라하게 느껴질 때면 아름다운 삶을 상상하며 버텼다. 상상은 사람을 위로하는 가장 편리한 현실 도피다. 재료가 빈약할수록 상상마저 초라해질 때가 있다. 보는 만큼 더 선명한 이미지를 그릴 수 있기에 애써 매일 아름답고 예쁜 걸 본다. 나는 그런 관찰이 좋다. 관찰과 기록은 탐구하는 대상이 있는 사람에게 빼놓을 수 없는 방법이다. 내게는 '우아한 태도 모음집'이라는 키노트 파일이 그 실재다.

우아한 태도 모음집에는 슬라이드마다 내가 느꼈던 우아한 순간을 사진과 텍스트로 모아 놓는다. 영화 〈노팅힐〉에서 애나 스콧(줄리아 로버츠)이 윌리엄 태커(휴 그랜트)의 동생 생일 파티에 참석할 때 캐주얼 옷차림에 아주 작은 티파니 박스를 손에 쥐고 있는 모습을 캡처하고 왜 그렇게 느꼈는지 간략하게 적어 놓는다. '역시 선물은 작지만 귀한 것일수록 보기 좋아' 같은 소소한 감상일지라도. 멍하니 흘려 보던 미국 드라마에서 레스토랑에서 나란히 앉아 여유 있는 점심 식사를 즐기는 엑스트라의 모습도 놓치지 않는다. 부유한 캐릭터라 설명하지만, 점심을 샌드위치로 책상에 앉아 허겁지겁 먹으며 일에 빠져 있는 워커홀릭의 모습에서는 느끼지 못한 감상이다. 내가 인식하는 우아함이란 언제나 여유가 먼저였고, 그다음 교양이 짙게 묻어 나오는 모든 순간을 뜻했다.

나는 오랫동안 내 삶의 지침이 되어 줄 우아함이 담긴 책을 찾아 헤맸다. 일단 내가 구할 수 있는 '우아한'이라는 수식어가 붙은 모든 책을 읽었고, 이렇다 할 답을 찾지 못하자 매너나 귀족의 생활사 같은 이야기에도 손을 뻗었다. 거기에도 완성된 가이드는 없었다. 내가 바라는 바는 외모 관리의 기본부터 사회생활의 매너까지 살아가기 위한 모든 기술이었다. 이 모두를 우아함을 기반으로 설명해 주길, 나를 설득해 주길 바랐다. 그러나 여태 어떤 책도 찾지 못했는데 어쩌면 당연하다. 우아함이란 너무나도 추상적이고 주관적인 단어다. 삶의 모습은 굉장히 다양하고, 문화권에 따라 느끼는 바가 다르며,

명확한 기준점이 존재하기란 어렵다. 우아함의 영역은 매우 넓어 여기저기 조금씩 흩어져 있을 뿐이다. 나는 그런 책이 없다면 직접 만들어야겠다고 생각했다. 그러나 책으로 쓰기에는 나 역시 아는 바가 적었고, 그저 내가 받은 인상적인 순간을 자료화해 꾸준히 모아봐야지, 하는 수준에 불과하다. 사적인 교본을 만들어 내가 그리는 취향적 삶을 사는 데 참고할 만한 수집이다. 여유로운 태도, 조용한 식사 매너, 깨끗한 외모, 교양 있는 말투 같은, 어쩌면 예학(禮學)에 가깝고, 구시대의 아름다움일지도 모르는 것들이 좋았다. 이토록 자유롭고 개성을 강조하는 시대상에 과연 맞는 연구 주제인가 하는 의문을 품긴 하지만, 자꾸 그런 아름다움에 눈길이 간다.

내가 모은 자료 중에는 핀 율의 터닝 트레이 위에 달리아 꽃으로 장식한 베이스, 안경이 함께 올려져 있는 인테리어도 있다. MHL의 클래식 티셔츠 사진도, 반신욕 준비물이 놓인 욕조 세팅까지 분야를 가리지 않고 무작정 수집한다. 그러다 보면 내가 만들고 싶은 라이프 스타일이 보인다. 한때는 직접 사 보고 이것저것 써 보면서 내게 맞는 스타일을 찾거나 경험하며 어떤 이미지를 좇던 때가 있다. 지금도 나는 우아함이란 매우 추상적인 단어를 좇고 있지만 요즘은 그 실체를 찾아가는 데 있어 물건 소비가 우선은 아니다. 다만 내가 왜 특정 이미지에서 우아함을 느끼는지 탐구할 뿐이다. 실질적으로 많은 물건을 가지려 하지 않으나, 자료로는 끊임없이 정리해 가면서 취향을 학습한다. 그러다 정말 원하는 물건 하나쯤을 조심스레 들인다. 이전보다는 낭비 없는 접근법이기도 하고, 내가 만들어 가는 우아함의 교본이 있기에 마음의 충족감을 느끼는 점도 크다. 나는 분명 수십 년이 지나면 어떤 가이드를 완성하게 될지도 모른다. 목표 없이 틈틈이 연구 중인 '되고 싶다'는 마음이 절절히 담긴 개인의 과제는 결코 지루해질 리 없다.

차 살림이 늘어나는 일

"뭔가 세팅이 갖춰지지 않으면 먹고 싶지 않더라고요."

부암동 백사실 계곡으로 요가 피크닉을 다녀오던 길에 같이 참석했던 멤버끼리 여기저기 다니다 스콘 맛집에 들르던 차였다. 멤버 중 한 명이 달리는 차 안에서 스콘을 맛보겠냐고 권유했지만 나는 '세팅' 운운하며 슬며시 거절했다. 그리고 상대의 호의에 무례하게 군 것일까 순간 당황하여 나에게 스콘이란 어떤 것인지 짤막하게 설명했다. 스콘을 맛볼 수 있는 순간은 나에게 영국식 티타임을 의미한다. 꽃이 있는 테이블 위에 놓인 예열한 티포트에 우린 홍차, 내 경우 우린 홍차에 레몬을 넣어 마시길 즐긴다. 예쁜 접시에 스콘을 담은 다음 클로티드 크림과 약간의 과일잼을 곁들여 홍차와 함께 맛보기. 나에게 스콘은 오직 홍차와 함께 하는 티 푸드였다.

사는 동안 마실 거리에 확실한 기호 하나쯤 있었으면 했다.

와인, 커피 애호가처럼 선호하는 음료를 깊이 즐긴다면 삶이 풍요로워질 거라고. 예컨대 나라별 와인의 다른 점, 라벨을 해석할 줄 알고 와인을 어떻게 따르고 와인 잔은 어떻게 잡는지, 어떤 음식에는 어떤 와인이 어울린다는 구체적인 지식을 아는 사람 말이다. 여기에 문화적 배경까지 파악하고 있어 아마추어 소믈리에 정도 되기엔 충분한 정도를 바랐다. 사람에게 마시는 행위란 단순히 목을 축이는 용도가 아니다. 혼자 즐길 때도 좋지만, 여럿이 즐기면 더 좋은 사교의 매개체. 나는 술도 커피도 못 마셨기에 자연스레 차에 관심이 갔다.

누군가의 기호에는 그 사람의 부족함이 담겨 있을지도 모른다. 내가 차를 더 깊이 익혀 봐야겠다고 결정했던 이유 중 하나, 타고나길 나에게 없는 차분함과 단정함이 절실해서다. 처음 서양 홍차를 마셨을 때는 하이티와 로우티의 차이와 3단 트레이에 담긴 티 푸드는 어떤 순서대로 먹어야 하는가, 같은 매너 차원의 지식을 쌓는 게 전부였다. 그러다 관심사가 동아시아 문화로 옮겨가면서 자연스럽게 중국차에 입문했고, 차는 나의 급한 기질을 다스리는 수련과 명상을 위한 도구가 되었다.

들뜬 마음을 가라앉히고, 몸을 따뜻하게 만들어 이완하고 싶을 때는 보이차 숙차를 우린다. 납작하게 병차시킨 보이차를 차칼로 뜯어 다하(차를 우리기 전 찻잎을 꺼내 놓는 판)에 담아 둔 다음 자사호(자사라는 광석을 이용해 만든 다관, 주전자)를 예열한다. 데운 차호에 보이차를 넣고 올라오는 차향을 맡으면 사우나에 온 듯 이완된다(이 차향을 맡은 지인들은 가장 먼저 사우나 냄새라고 외친다). 팔팔 끓는 물로 눌려 있던 찻잎을 씻고 깨워 주는 세차를 마친 다음 차를 우려 공도배에 따른다. 공도배는 우리말로 숙우라고 불리는 우려낸 차를 모으는 다구인데 찻자리에 앉은 누구나 공평하게 차 맛을 즐기기 위해 필요하다. 공도배에 담긴 차를 작은 찻잔에 따르고 향을 음미하고 차 맛을 본다. 보이차는 찻잎 3g 정도를 보통 열 번 정도 우려 마실 수 있다. 우리면 우릴수록 차가 열리면서 향이 달라지는데, 내게 보이차를 알려 준 선생님은 차를 1탕, 2탕 계속 낼 때마다 꼭 자사호에 담긴 보이차의 향을 맡아 보라고 권했다.

시간을 들여 후각과 미각을 일깨우는 차를 마시는 과정 하나하나는 나의 불같은 성질, 좋게 말하면 추진력이 좋고 나쁘게 말하면 물이 끓기도 전에 아직도 라면이 되지 않았다며 종좋거리는 급한 성질을 다스리는 데 도움이 된다. 불의 기질이 강한 나를 나무 기질인 차와 물의 기운이 순하게 중화시키는 게 아닐까.

차에서만큼은 갖춰진 상태에 집착하는 까닭에 자연스럽게 차 살림이 늘었다. 보이차 다구와 여러 차를 쉽게 우리기 좋은 개완 하나다. 손님이 놀러 오면 같이 차를 우려 마시려고 찻잔은 두 개였다가 이제 세 개가 되었다. 나의 독서 목록에는 차에 대한 지식을 쌓기 위한 책이 적지 않은 비중을 차지한다. 한·중·일 녹차 문화•에 대한 책을 읽고 다완과 관련한 서적을 펼친다. 학술서와 대중서의 중간 즈음에 있는 책을 읽으며 차의 세계에 더 깊이 빠진다. 이런 지식을 쌓는 것이야말로 마실 것에 대한 나의 기호를 확실히 하는 방법. 집에 놀러 온 손님에게 차를 우려 주면서 차에 대한 이야기를 전하기도 좋다. 커피만 마시던 사람이 나를 통해 차를 처음 접하고 우리 집에 오면 신문물(?)을 배워 간다는 피드백도 기분 좋다. 내겐 오감 중 후각과 미각을 일깨우는 시간이자 동아시아의

• 서은미,《녹차 탐미》, 서해문집, 2017
 – 조선시대 차에 관심 있었던 문인은 고상함을 더하고, 차의 약용 효과를 기대하며 차를 마셨다고 한다. 나 역시 차에 기대하는 바다.

문화적 닮은 꼴과 차이를 배워 가는 매개가 되어 주기도 하는 차. 알아가면 알아갈수록 관심이 사그라들기는커녕 점점 불타오르는 흔치 않은 삶의 영역이기도 하다.

그림의 시간

관람료는 1,500원. 문인 자격으로 예술인 패스를 발급받은 지라 국립중앙박물관의 기획 전시 관람료를 절반 할인받았다. 예술인으로서 누리는 복지 혜택은 박물관, 미술관 곳곳에서 나를 기다린다. 이런 경우가 아니어도 서울에 살면서 박물관, 미술관을 제대로 누리지 않으면 실로 손해다. 국립박물관과 미술관의 상설 전시는 소장품의 수준이 높은 반면 무료 관람이거나 관람료가 저렴해 문턱이 낮다. 여러 사설 갤러리도 대부분 무료 관람이다. 박물관에 갈 때 준비물은 운동화에 편안하고 단정한 옷, 물병 하나, 핸드폰과 책 한 권이다. 관람 전에는 핸드폰을 제외하곤 사물함에 모든 소지품을 맡겨 몸을 최대한 가볍게 한다. 평균 두세 시간은 전시장에 머물며 생긴 관람 노하우였다. 오늘은 아시아의 칠 문화를 배워 볼 참이다. 옻나무가 자생하는 아시아 고유의 칠공예는 어떤 역사를 가지고 있을지, 또 어떤 방식으로 제작하는지 궁금하다. 사실 전시회 안내를 보기 전까지는 딱히 알고 싶은 영역이 아니었다. 허명욱 작가의 옻칠 작품이 인기인 것도 알았고, 집에서 잘 만든 옻칠 수저를 쓰고 있어도 공예작가가 아닌 내가 칠 자체에 관심이 클 리가 없다. 그럼에도 좋아하는 박물관에서 마련한 전시는 교양 쌓기에 더없이 좋아 크게 주제를 가리지 않고 찾는 편이다.

추한 것은 보고 싶지 않고, 아름다운 것을 눈에 담고 싶어 하는 인간의 탐미적 본능. 내가 심미안을 가꾸는 첫 번째 매체는 그림이다. 영화, 연극처럼 동적으로 움직이는 장면을 계속 보는 것에 피로함을 느끼는, 시각적 자극에 취약한 눈 때문도 있지만 좋은 공간에서 좋은 그림을 본다는 자체가 집에서 누리기 어려운 호사라 그렇다. 전시장을 자주 드나들지만 그림 감상법이 저절로 습득되지는 않았다. 마치 책을 읽듯이 작품보다는 캡션에 먼저 눈이 갈 때가 많고, 도슨트에게 작품 설명을 듣거나 앱의 전시 해설 가이드를 귀로 들으며 천천히 그림을 볼 때가 잦다. 그림을 보러 다닌 지 20년이 넘었지만, 주말에 잠깐 기분 전환하는 수준으로는 나만의 관점이 저절로 만들어질 리 없다. 들쑥날쑥한 공부로 식견이 생기길 바라는 건 도둑놈 심보 아닐까. 그래도 자주 접해서인지 어떤 작가의 작품인지 알아맞히기는 곧잘 하는데, 어떤 특징을 가졌는지 말로 설명하라고 하면 어버버 거릴 터였다.

조선 정조 때의 문장가 유한준의 《저암집》에는 그림 감상에 대한 견해가 들어있다. 그림에는 그것을 아는 자, 사랑하는 자, 보는 자, 모으는 자가 있다고 한다. 그림을 쌓아만 두면 잘 본다고 할 수 없고, 그림을 볼 때 어린아이가 보듯 칠해진 것 외에는 분별하지 못한다면 아직 사랑하는 게 아니라고 말한다. 그림 감상이란 결국 아는 것으로 형태는 물론 이치와 조화까지 포함하는 범위인데, 그림을 보고 모으고 사랑한다는 겉껍질 같은 태도가 아닌 잘 안다는 것에 있다고. 알면 사랑하게 되고, 사랑하면 제대로 보게 되고, 볼 줄 아는 사람이 비로소 모으게 되는 과정이다.•

시장 구경하듯 마구잡이로 그림을 보러 다녔던 나는 감상하는 그림 장르를 좁혀 가는 중이다. 동아시아 고미술에 관심이 커져서 우선 한국 미술사를 공부하며 그림 감상 노트를 쓰고 있다. 마음에 드는 작품을 골라 전문가의 해석을 읽고 내 감상

• 유홍준, 《명작 순례》, 눌와, 2013 – 발문을 발췌해 일부 편집했다.

을 적어 둔 노트로, 예컨대 소동파의 삿갓과 나막신을 착용한 모티프의 그림인 〈동파입극도〉의 여러 작품을 찾아 해석을 붙여 정리해 두는 방향과 같다. 동일한 규칙을 가진 그림을 모아 보면 비교하는 재미와 그림 보는 깊이가 생긴다. 이렇게 파고들면 언젠가는 해설 없이 눈으로 보기만 해도 좋은 작품을 분별하는 법을 알게 되는 날이 올지도 모른다.

그리기 수업

한 선배가 "요즘은 작가 되기 참 쉬운 세상"이라고 했다. 어디 등단해야 인정받는 것도 아니고. 주제는 한없이 가볍다고. 나는 "아무래도 인스타그램 같은 소셜미디어에서 인기를 얻으면 시장성 있다고 인정받는 추세"라며 동조했다.

젊은 아티스트의 작품이 주축이 되는 아트페어에 오니 원화를 사면 NFT가 따라온다는 프로모션과 '나도 홀더가 되어 볼까?' 하며 사람들 틈에서 그림을 구경하고, 작품 가격을 확인한다. 갤러리스트가 하는 젊은 부자들에게 인기 있는 그림은 무엇이고… 등의 설명을 듣는 마켓은 그림을 감상의 대상이 아닌 소유의 대상으로 바라보게 한다. 나는 조금 다른 생각을 하며 그림을 보고 있었다. '나도 그리고 싶다'는 어떤 확신이 생기는 찰나였다.

"저 그림 그릴 거예요"라고 동행한 선배에게 말을 꺼냈다. 선배라고 하기엔 나보다 스무 살 가까이 많은 어르신인지라

유화, 수채, 아크릴 등 어떤 재료로 그릴 것인가 하는 궁금증을 더 내비쳤지만, 나는 들고 있던 내 아이패드를 가리킨다. '저도 요즘 젊은 아티스트 같나요?'라는 눈빛으로.

〈그림 그리기 준비물〉

아이패드에 유료 앱인 포토크리에이트 다운로드

스타일러스 펜

〈배울 곳〉

유튜브에서 앱 메뉴와 사용법 익히기

유료 온라인 강좌로 그림 그리는 법 배우기

〈전시회〉

인스타그램 또는 그때 유행하는 비주얼 기반 플랫폼

〈저작권〉

NFT 민팅

〈판매〉

오픈씨(OpenSea)

나의 장황한 계획 중 〈그림 그리기 준비물〉과 〈배울 곳〉까지만 내 상황과 맞지만, 어쨌든 요즘 디지털 아트는 이렇게 흘러가는 모양새다.

친구와 이탈리아의 일러스트레이터 〈올림피아 자그놀리 특별전〉을 보고 카페에 앉아 이런저런 이야기를 나눌 때였다. 기자로 일하는 친구는 "글 쓰는 것도 그렇지만 그림은 또 다른 영역의 능력이라고 생각한다"며 창작의 세계에 대단함을 표했다. 돌이켜보면 전시를 보는 내내 나는 조금 엉뚱한 계획을 세우고 있었다. '나도 이 구도로 그려 봐야겠어'라는 결심으로 스타일러스 펜을 사야겠다는 생각, 홍익대학교 미대를 나와 원화가로 활동하는 아는 후배에게 과외를 받을 수 있을지 같은 궁리만 한가득이었달까.

요즘은 아침을 먹으면서 옆에 아이패드를 두고 펜으로 쓱쓱 그림을 그린다. 어릴 때 스케치북에 그림 그리듯 부담 없이 선을 그리고 두 손가락을 더블 탭 해서 선을 지우며 채색까지 정말 재미있게 하고 있다. 물감 하나, 4B 펜슬 하나 사러 일일이 화방에 갈 필요도 없다. 그러고 보면 모든 취미 생활은 '감상-지식-직접 해 보기' 순으로 흘러간다. 처음에는 단순히 보고 듣는다. 그러다 이해가 안 되니 지식을 쌓고, 머리로 알고 나면 손으로 해 보고 싶어지는 단계에 이르는 것이다. 예를 들면 〈인왕제색도〉 감상-정선과 조선 후기 〈실경산수화〉 공부-산수화 직접 그려보기 단계처럼 말이다. 그렇게 취미에 깊이가 생긴다.

음악회에서 생각한 것

3월, 피아니스트 크리스티안 지메르만의 리사이틀 공연장에 앉아 그가 연주하는 〈쇼팽 소나타 3〉에 푹 빠져 있다가 문득 이런 생각이 스쳤다. 적절한 수준의 의식주가 보장되고, 문화생활만 있다면 내 삶은 충분히 풍요롭고 행복하구나. 이 정도 안분지족에 빠져 있었건만 인터미션에 바깥에서 휴식을 취하다 리사이틀 연주곡 중 하나였던 바흐 작품에 대해 고전 바흐와 현대적 해석에 대한 사람들의 논평을 들었다. 연주회가 끝나고 나가는 길에 그가 쇼팽의 소나타 2번을 더 잘 연주한다는 등 진성 음악 애호가들의 대화도 이어진다. 나도 더 많이 알아서 '잘 친다, 어쩜 손끝을 저렇게 지휘하듯 우아하게 마무리하지'처럼 단순한 감탄에서 그치지 않았으면 좋겠다.

6월, 루돌프 부흐빈더 피아노 리사이틀에 가서 처음 듣는 슈베르트 네 개의 즉흥곡, 〈D.935〉에 집중하지 못하고 딴 생각에 빠져 있었다. 미리 작품을 예습하는 성실함이 빠진 연주회 청음은 모든 게 처음인 곡과의 조우다. 프로그램북에 나와 있는 설명은 베토벤 〈피아노 소나타 10번 Op. 14, No.2〉가 서로 다른 두 캐릭터가 투닥거리는 느낌으로, 당시 빈에서 '부부 싸움'이란 별칭이 붙었다는 해설 빼고는 전혀 이해하지 못했다. 피아노곡 듣기를 무척 즐기지만 이게 왜 좋은지 말하라고 하면 설명하지 못한다. 아마 나의 교양 수준에 별점을 매긴다면 음악에 대한 이해도는 별 한 개가 아닐까 싶다. 프로그램북을 다시 읽으며 아타카(attaca, 클래식 음악에서 쉬지 않고 바로 다음 악장으로 넘어가는 것)같은 모르는 단어부터 줄 긋는다.

내가 클래식 음악과 사랑에 빠진 순간, 정확히는 쇼팽과 사랑에 빠진 순간을 기억한다. 김경 작가의 소설 《너라는 우주에 나를 부치다》를 읽다가 산도르 마라이의 《열정》이라는 작품에 등장하는 고독한 헨릭을 만났을 때다. 정확히는 쇼팽의 〈환상 폴로네즈(Polonaise Fantasie in A flat, Op.61)〉를 들으며 음악에 대한 열정을 나누던 헨릭의 아내와 헨릭의 친구 콘라드가 사랑하게 되었다는 스토리다. 배신당한 헨릭의 감정이나 같은 리듬의 사람을 만나기 위해 전 생애를 허비하기도 한다는 낭만적인 해설은 뒤로 한 채 나는 당장 쇼팽의 곡부터 들었다. 금지된 사랑에 빠지게 할 만큼 매력적인 곡이 무얼까 너무나도 궁금해서. 그 뒤로 어떻게 되었을까? 나는 소설을 다 읽은 뒤에도 한동안 폴로네즈를 들으며 소설 속 주인공이 사랑에 빠지는 눈빛을 상상했다. 그 당시 음악을 검색할 때 판타지를 생략하는 바람에 〈Polonaise in A flat major Op. 53〉을 소설 속 곡이라 오랫동안 믿었다. 작품 번호를 확인하지 않은 초보의 실수였다. 판타지보다는 여전히 53번 곡이 좋다. 이를 시작으로 쇼팽의 모든 곡을 집요하게 듣기 시작했고, 쇼팽이 등장하는 책을 골라 읽었다.

연주회 목록에 쇼팽의 곡이 있으면 주저하지 않고 찾는 내겐 너무 소중한 쇼팽이었지만, 음악 애호가에게 쇼팽이란 대중적 취향의 작곡가로 분류되었다. 음악을 잘 아는 사람들은 나에게 쇼팽 외의 음악가를 추천했다. 브람스, 말러, 라벨처럼 잘 모르던 작곡가의 곡을 접해 보라 했고, 너무나도 유명한 베토벤과 바흐의 수준 높은 곡을 이해해야 했으며, 러시아 작곡가들의 곡이 이어졌다. 베토벤 〈황제〉를 포함해 귀에 착 감기는 곡이 여럿 있었지만, 어려운 곡은 더 많았다. 여전히 말러의 곡은 듣다가 끈다. 지극히 개인적인 취향으로, 집중이

안 되고 쇼팽처럼 가슴이 뭉클하거나 눈가가 촉촉해지지 않는다. 대중적(?)인 쇼팽만으로도 나는 충분히 행복하지만 애호가들이 말하는 더 수준 높고, 좋은 세계가 궁금해지는 건 어쩔 수 없다. 처음 사랑에 빠진 대상은 쇼팽인데, 점점 고전음악 전체로 나의 세계가 확장하는 나날이다.

처음에는 블라인드 테스트처럼 어떤 클래식 곡을 들어도 작곡가와 곡명을 맞히는 수준이 되길 바랐다. 그다음에는 음악 평론을 이해하면 좋겠다고 생각했다. 그리고 지금은 체계적으로 음악 이론을 배우면 들리지 않고 보이지 않았던 부분이 선명하게 다가올 수 있을지 궁금해진다. 그러나 음악에 이 정도의 수준을 갖추려면 내 남은 생을 통틀어 아주 천천히 알아가야 할 것이고, 나는 지금의 단계만으로 충분히 즐겁다.

철학, 역사, 미술사…

포브스에서 '되도록 피해야 하는 대학 전공 10가지'를 꼽은 기사를 읽었다. 내가 왜 노동으로 부자가 될 확률이 낮은지 깨우치는 기사였는데 미국 기준 각 전공별 취업자의 중위소득, 실업률이 얼마인지 경제적 지표를 근거로 순위를 매겼다. 그 리스트를 훑어보니 이럴 수가, 대부분 내가 좋아하는 과목이었다. 한탄이 절로 튀어나왔다. 9위 역사학, 6위 음악, 5위 철학, 3위 순수 예술… 대망의 1위는 고고인류학이었다. 심지어 인류학은 대학교 1학년 때 전공이다. 마침 그 기사를 읽던 차에 테이블 위에 막 읽기 시작한 책, 인류학자 김현경 박사의《사람, 장소, 환대》가 눈에 띈다.

문과생 체질인 나에겐 앞서 열거한 '돈 안 되는' 과목의 기초 지식만큼은 반드시 알아야 한다는 어떤 의무감이 있다. 고등학교 때 한국사 기말고사 시험 범위를 비켜 가 한국 근현대사를 제대로 공부하지 못한 나는 '제5공화국', '직선제' 이런 말이 등장하면 이 대화에 끼지 못하겠군, 하며 움츠러들었다. 때로는 정 씨(정도전)가 왕이 된다는 뜻의 주초위왕(走肖爲王)에 얽힌 정치 상황을 제대로 설명하지 못할 때도 뭔가 분했다. 나, 너무 무식하구나. 이런 자기 비하로 수능 대비 EBS 한국사 강의를 구석기부터 현대사까지 두 번이나 들었다.

사실 일상에서 그런 대화가 오가는 때는 드물고 아무도 내 역사 지식을 검증하려 들지 않지만, 나 혼자 여기에 집착한다. 조금만 공부해도 파악이 쉽고 결과가 나오는 과목이란 어떤 으스대는 감정과 잘하고 싶다는 의지를 불러온다. 내가 여기에 재능과 흥미가 있음을 확실히 알기에 자신감이 있고, 그래서 모르는 내가 부끄럽고 분한 것이다. 흥미 없는 영역에는 어떤 인간적인 감정도 생기지 않는다. 그러니 공부뿐 아니라 매사 어떤 식으로든 감정이 생기면 예의주시한다. 그건 나와 주파수가 맞았음을, 내 영역 안의 일임을 알려 주는 신호라서.

책을 읽는 속도보다 사는 속도가 더 빨라서 가끔 내가 왜 이러나 싶을 때가 있지만, 그건 애서가들의 공통된 버릇 같다. 여기에 문과생 기반의 애서가라면 유독 고전 읽기에 집착한다. 플라톤, 아리스토텔레스, 키케로 등 철학자 이름만 들어도 사고력에 비약적인 발전을 이룰 거란 희망이 비단 나에게만 생기는 건 아닐 테다. 고전 철학 읽기는 예로부터 엘리트 계층에서 자녀 교육의 필수로 여겨졌다고 한다. 앞서 독학을 이야기하며 존 스튜어트 밀의 독서법과 시카고 플랜*을 언급했는데, 시카고 대학에서 정한 위대한 책 144권 읽기는 나에게도 도전 정신과 기대감을 불러일으킨다. 미국의 작가 마크 트웨인은 "고전은 누구나 읽겠다는 생각을 하면서도 읽고 싶은 생각이 없는 것"이라고 말할 만큼 옛날 사람의 생각을 이해하기란 그 시대의 상황을 파악해야 해서 어렵고, 따분하기까지 하다. 그러나 이 시대까지 살아남은 수천 년 전부터 전해 내려오는 지혜를 전수받는 일이라 생각하면 두근거린다. 무림 고수가 스승의 권법을 사사하고 강호의 최강자가 되듯 144권을 독파하면 나의 사고력에 무슨 일이 생길까?

나는 시카고 플랜 1년 차 독서 목록 중에 《군주론-마키아벨리》를 읽었지만 독서법을 그대로 지키지 않아서인지 기억에

* 구글에 '시카고 플랜과 존 스튜어트 밀 독서법'이라 검색하면 해당 고전 목록을 쉽게 찾을 수 있으니 관심 있다면 확인해 봐도 좋다.

남는 부분은 없다. 천천히 그 모든 단계를 밟으며 고전을 읽어 나간다면 많은 시간이 걸리겠지만, 지금의 잡다한 독서보다 훨씬 수준 높은 취미 생활이 될 것은 분명하다. 무엇보다 이 목록에 있는 모든 고전을 읽은 끈기와 성실함을 갖춘 이라면 뭐라도 해낼 것이 분명하다.

오늘날의 그랜드 투어

"그녀는 아버지와 함께 피렌체에서 교양 여행을 하는 중이었다. 그녀는 박식하고 생동감이 넘치는 영리한 여성이었다."

- 베른트 뢰크, 《피렌체 1900년》, 안인희 역, 리북, 2005

단순한 설명 문장이었지만 나를 사로잡는 모든 단어가 눈에 들어왔다. 박식, 생동감, 영리함. 무엇보다 교양 여행. 17~19세기 유럽 귀족, 특히 영국 상류층 자제라면 이탈리아 여행은 교양 쌓기를 위한 필수 코스였다. 그랜드 투어라 불리는 이 여행은 유럽 문화의 근간을 이루는 그리스·로마 시대부터 르네상스에 이르기까지의 고전학과 이에 따르는 미술과 음악이 시작된 이탈리아로 가서 견문을 넓히는 시간이다. 교양 여행은 내게도 유효하다. 물론 이탈리아에 한정하지 않고 전 세계가 대상일 뿐이다. 밀라노에 갔을 때 라스칼라 극장에서 모차르트의 오페라 〈돈 지오반니〉를 관람하고 늦은 밤 우버를 타고 호텔로 돌아오던 날 생각했다. 나는 앞으로도 이런 여행을 계속하게 될 거라고. 뉴욕의 프릭 컬렉션을 찾았을 때 한 그림 앞에 있던 내게 해설사가 무심코 설명해 준 말에 귀를 기울였다가 부셰라는 화가를 처음 마주했다. 또 영원히 기억하게 될 순간이 계속 쌓일 것이라 짐작했다. 이우환의 작품을 보기 위해 나오시마 섬을 찾고, 부산 시립미술관 이우환 공간에 다녀오고 그의 공간이 또 생긴다면 그곳을 찾아 나설 것이다. 추사 김정희의 유배지에 가기 위해 제주도의 가장 끝을 목적지로 삼는 날이 이어질 테니.

어떤 곳이라도 나의 취미를 벗어나지 않는 지금의 여행. 일상에서 서점, 박물관, 클래스를 오가는 것처럼 낯선 도시에서도 비슷한 시간을 보낸다. 지금 내게 확고하게 자리 잡은 여행 취향이다. 책《먹고 기도하고 사랑하라》에서 힌두교 성전 '바가바드기타(Bhagavad Gita)'에 쓰인 "자신의 운명을 불완전하게 사는 것이 다른 사람의 삶을 완벽하게 모방하는 것보다 낫다"는 말을 전한다. 더 이상 내가 누구인지 묻거나 현실에서 도망쳐 새로운 내가 되어 보고자 떠나는 여행이 아니다. 단지 더 나다운 여행. 어떤 작품을 눈에 담을 때 소름 돋는 감동을 느끼고, 이국적인 요리를 시도해 보고, 서점에 가서 알

수 없는 언어로 적힌 책들을 살피면서 남을 모방하는 일 역시 나를 찾는 것이 아닌 더 내가 되는 길이다. 체력과 시간이 허락하는 한 많은 여행을 다니며 더 많은 내가 되기로 한다.

5장

지적 일상을 위한 도구

문방 도구에 사치를 부리는 것만은 부릴수록 고아하다.

- 유만주, 《흠영(欽英)》

조선시대 사대부에게는 청나라제 종이, 붓, 벼루, 먹이 최고였을지 모르겠으나, 오늘날의 나는 애플스토어에서 사치를 부린다. 이 시대 나의 문방사우는 아이패드, 아이폰, 에어팟, 맥북일까? 그렇다고 필기감이 끝내주는 펜으로 적당한 두께의 종이에 필기하는 즐거움을 버리진 않았다. 종이책을 읽을 때는 포스트잇을 곁에 둘 것. 그렇지 않으면 책의 귀퉁이가 자꾸 토끼 귀로 바뀌고 만다.

만능 노트

시선의 왼쪽에는 시계, 캘린더, 날씨, 메모장이 놓여 있다. 하루를 결정하는 기본이다. 지금부터 몇 시까지 무슨 일을 할지 정하고, 오늘의 중요한 일정은 캘린더에 미리 저장해 두기. 옷차림부터 기분과 컨디션까지 결정하는 날씨는 눈 뜨자마자 확인한다. 메모장, 메모장이야말로 세상만사에 관심 많은 나에게 가장 중요한 물건이다. 언제나 메모를 잊지 않는다.

시선의 중앙에는 나스닥 주가를 보여 주는 위젯이 있다. 아침에 빨간색이면 기쁘고, 초록색이면 슬프다. 탭을 해서 나의 투자 상황을 자세히 점검한다. 어른에게 돈은 중요하니까. 가장 오른쪽에는 최근에 열어 본 노트(정확히는 페이지스, 넘버스 파일이다)가 선반으로 보이는 틀 안에 가지런히 놓여 있다. 가장 좋아하는 위젯인데, 이곳에 모인 노트만 보면 실제보다 더 열심히 사는 내가 있어 뿌듯하다. 아래로 눈길을 주면 교육, 생산성, 특별 활동(취미 생활)이라 이름 붙은 폴더 안에 즐겨 찾는 앱이 차례대로 정리되어 있다. 내 지적 생활의 핵심인 아이패드 UI 소개는 여기까지.

매사 정리 정돈에 능한 사람이고 싶지만, 노트 정리를 아름답게 하지는 못한다. 남과 공유할 목적의 노트가 아니니 예쁠 필요가 없고, 폰트 종류와 크기가 제각각일 때도 자료만 잘 찾아지면 그만인 못생긴 노트 정리다. 오직 내가 자주 쓰는 언어로 파일명 만들기만 신경 쓴다. 폴더에 들어가 자료를 찾기보다 키워드 검색으로 원하는 정보를 찾기 때문인데, 노트 안에서도 검색은 유용하다. 비즈니스 영어 표현을 모아 놓은 노트는 상황별로 쓸 수 있는 문장 모음집으로 'command+F'를 눌러 '인턴'이라고 입력하면, 신규 입사자에 대한 문장이 있는 위치로 찾아가는 것처럼 규칙 없는 나의 노트는 효율, 검색의 간편함을 최우선으로 고려한다.

어느 날 책을 읽다가 스티브 잡스가 남긴 "창의력은 연결하는 능력"이라는 말을 마주했다. 내가 딱 하나 스스로도 놀랍게 여기는 부분이 있다면 여기저기 흩어진 조각들을 주워 모아 하나의 내러티브로 엮어 해석할 수 있다는 점이다. 누군가 무심코 흘린 정보를 기억해 두고, 잡다하게 읽은 여러 읽을거리에서 찾은 정보를 조합해 현상을 이해하는 까닭은 세밀한 기억력이 괜찮다는 것과 노트 덕분이다. 요즘은 노트에 단순한 정보를 모으기보다 채권 금리와 경기의 상관관계 등 한 가지 주제를 가지고 리서치하듯 파고들며 의문을 가지는 심화 학습을 한다. 책을 읽고 정리해 내 것으로 만든 노트-일명 내 소중한 재산-가 늘어날수록 확실한 지적 포만감이 스민다.

필사하는 새로운 방법

쓰기 업계 종사자라면 가장 중요한 일상 업무 중 하나는 바로 문장 수집이다. 수없이 많은 글을 읽어 마음에 드는 표현을 접할 때 필사를 해 둔다. 나중에 글을 쓸 때 가장 쉽게는 문장 그대로 적절히 인용하거나 어렵게는 그 문장에서 파생되는 내 생각이나 의견을 갈무리해서 재정리하기 위한 재료이기 때문이다. 요리사가 좋은 식자재를 찾아다니듯, 문장 수집은 글 작가의 요리 재료 채집과 같다. 문장을 모으다 보면 요즘 내가 관심 있는 주제는 무엇인지 알 수 있다. 동시에 온갖 분야의 책을 틈틈이 읽기에 문장 역시 여러 주제가 들쑥날쑥할 때가 많은데 이를 효율적으로 정리하기 위해 몇 가지 방법을 쓴다.

책의 물성은 크게 종이책과 전자책이 있다. 나는 그 안에 든 문장에 관심이 있을 뿐 문장을 둘러싼 물성 자체에 엄청난 감동을 느끼는 타입은 아니다. 예컨대 종이책이 주는 아날로

그적인 감성에 취해 이를 들고 독서 여행을 떠나거나 하는 유형은 아닌 셈이다. 그래서 효율을 가장 먼저 따져서 전자책을 선호하는 편이었다. 그러다 눈의 피로 감소, 디지털 디톡스라는 건강 관점에서 종이책이 더 낫지 않나 싶다가 최근에는 다른 이유로 종이책이 더 편해졌다. 종이책을 읽을 때 마음에 드는 문장이 등장하는 페이지를 핸드폰 카메라로 사진 찍어 놓곤 했다. 나중에 이를 한데 모아두고 키보드로 필사를 하며 문장을 수집했는데 이는 꽤 번거로운 과정이지만, 손으로 문장을 곱씹다 보면 한 번 더 복기하게 되어 좋은 공부가 되기도 했다. 전자책은 형광펜 기능으로 줄을 그어 독서 노트를 만들기 쉽다. 무단 복제를 대비해 기술적으로 텍스트 복사를 막아 두었기 때문에 그 앱에 들어가야 책에서 수집한 문장을 확인할 수 있다. 나처럼 문장 수집 노트를 주제별로 책 별로 내 컴퓨터에 한눈에 모아 놓고 찾아보길 좋아하는 사람에게는 다소 번거로운 과정이다. 디지털 서재가 두 곳에 있는 셈이라 비효율적이랄까. 그래서 다시 그 문장을 서재 한곳에 모으기 위해 일일이 키보드로 작성해 정리하고 있노라면 시간 아깝다는 생각에 신경이 곤두섰다. 인쇄 활자와 달리 웹 폰트는 본능적(?)으로 '복붙'이 쉽다고 학습이 되어서 그런 모양이다. 문장을 손으로 재정리한다는 행위는 같은데도 말이다.

그러다 아이폰 iOS 16.0.2 업데이트는 나에게 좋은 해결책을 안겼다. 바로 사진 상태에서 한글 텍스트를 디지털 텍스트로 변환해 주는 것. 원래 영어만 가능했는데 이번 업데이트에서 한글 지원이 되자 날개 돋친 듯 문장을 수집할 수 있었다. 종이책 페이지의 사진 찍은 각도가 애매하면 정확도가 떨어지긴 했지만 적어도 90% 이상의 정확도로 디지털 텍스트 변환에 성공했으며, 웹 폰트의 경우 인식률은 100%에 이른다. 그러니 여러 종류의 문장을 밀리지 않고, 편리하게 내 디지털 서재에 저장할 수 있게 되었다. 언제나 시간 부족을 핑계로 종이책의 여러 페이지를 사진만 잔뜩 찍어 핸드폰 사진 앨범에 저장해 두고 부담감에 삭제했던 때도 있었지만, 이제 내가 따라 쓸 필요 없이 사진 상태의 글씨를 복사해서 붙여 넣기만 하면 된다. 나 같은 문장 수집가에게 아이폰의 문자 인식의 좋은 점은 또 있다. 바로 전시회에서다. 벽에 깔끔하게 붙은 전시 소개 글은 찍을 때 바로 텍스트 변환을 할 수 있는 버튼이 있다. 내용을 즉석에서 복사해 메모장에 붙여 넣으면 번거롭게 정리할 필요 없이 문장을 가져올 수 있다. 만약

영문인데 번역해서 저장하고 싶다면 사진 상태에서 바로 영문을 한국어로 번역해 메모장에 편집 가능한 파일로 저장할 수도 있다. 번외로 텍스트로 적힌 홈페이지 주소는 사진 상태에서 바로 웹과 연결도 된다. 편리, 편리, 편리함의 연속이다.

구글 크롬 브라우저를 쓸 때는 'Weave 형광펜'이란 확장 프로그램을 설치해 문장을 모으기도 했다. 읽을거리가 넘쳐나는 요즘 여기저기 웹 서핑을 하다 발견한 정보를 내가 일일이 메모장에 복사해 붙여 넣는 방식으로 수집하다 보면 화면이 바뀌니 읽기 흐름이 끊기고 시간도 배로 걸린다. 여기저기 웹페이지를 돌아다니며 좋은 문장을 발견해 드래그하면 바로 한곳에 모아 주는 기술이 유용해 보였다. Weave 형광펜은 딱 그런 기능을 가져서 좋지만, 나는 조금 사용하다가 삭제해 버렸다. 마우스를 잘못 건드리거나 스크롤을 하다가도 문장이 선택되어 버리는 경우가 왕왕 발생하니 원하지 않은 문장까지 모이는 번거로움 때문이었다.

이렇게 발전한 기술을 신나게 사용하는 나지만, 실상 내가 손으로 필사하는 편이 장기적으로는 더 큰 도움이 되겠구나 생각한다. 한번 따라 쓰면서 생각을 정리할 수 있어서다. 수

험용 공부를 할 때 샤프펜슬로 내용을 적으며 암기하는 쪽이 언제나 오래 기억하기에는 도움이 되었던 것처럼 말이다. 내 오른손의 중지는 한쪽이 살짝 들어가 있는데 정석대로 연필을 쥐지 못해 손가락 끝에 힘이 실린 채 오랫동안 글씨를 써서 생겨난 흔적이다. 볼 때마다 안타까운 내 몸에 새겨진 '열공'의 형태다. 요즘은 키보드 작업을 많이 하다 보니 또 쓰는 손가락만 써서 문제에다 손목 터널 증후군도 걱정된다. 이때 '보핍보핍' 댄스처럼 양 손목을 교차로 왔다 갔다 하면 도움이 된다는 팁을 듣고 한창 웃었던 기억도 난다. 아무리 기술이 발달해도 어떤 식으로든 손가락을 쓰지 않는 경우는 아직 없다. 나중에는 '뉴럴 링크' 같은 기술이 발달해서 생각만으로 문장이 막 적혀지는 단계까지 이르려나. 그건 좀 으스스하기도 하다.

지적인 에코백

거리를 거닐다 보면 저마다 어깨에 흔히 에코백이라 불리지만 실상 환경친화적이지 않은, 가방을 메고 있는 사람들을 자주 본다. 에코라고 불리는 가방이 비닐봉지 대비 환경에 적은 영향을 미치려면 131회를 사용해야 한다. 2018년 덴마크에서 이뤄진 연구에는 면으로 된 가방은 최소 7100회 사용 후 버려져야 이를 생산하며 발생시킨 오염을 상쇄한다나.[•] 매일매일 에코백을 사용한다는 가정하에 무려 20년을 써야 하는 건가. 어떤 행사든 기념 선물로 에코백이 가장 흔한데 최근 요리 클래스에 갔다가 그날의 테마였던 연어 한 토막이 새겨진(생선 모양이 아니라) 에코백을 받은 적도 있다. 순간 거절하기 머쓱하여 받아왔다가 이를 원하는 사람을 찾아 주느라 조금 고생했다. 적어도 나는 생선 토막이 그려진 가방을 들었을 때 내가 무엇을 주장할 수 있는지 알지 못한다. 연어

• 자세한 내용이 궁금하다면 중앙일보의 기사 "최소 131번 써야 비닐봉지보다 낫다…놀라운 '에코백의 역설'"에서 확인하길 바란다.

를 사랑해요, 정도인가.

에코백은 단순한 천 가방이라고 하기에는 한 사람에 대한 많은 정보를 담고 있다. 가장 쉽게는 모르는 사람의 지난 여행지를 알게 된다. 런던 내셔널 갤러리 로고가 새겨진 가방을 보면 알 수 있지 않나. 파리의 저명한 서점 셰익스피어 앤 컴퍼니에는 가 본 적 없는 사람이 없는지, 지적인 에코백 인기 순위가 있다면 1등이 셰익스피어 앤 컴퍼니일 것 같다. 어느 순간부터 에코백은 교양, 취향 그리고 자신이 어디에 속한 사람인지를 알려 주는 매개가 되었다. 자매품으로 테크 업계 종사자가 OO데이 등 행사에 참가해 받은 기념 티셔츠나 소속된 회사의 로고가 새겨진 티셔츠도 있다. 하지만 이 세상의 에코백만큼 다양하진 못하리라.

내겐 교토 박물관 로고가 새겨진 작은 신주머니 같은 가방이 있는데 '나는 박물관을 사랑하는 사람입니다'라고 광고하는 기분이다. 그곳이 내가 가장 좋아하는 박물관은 당연히 아니지만, 사용하기 편안한 크기인데다 뮤지엄이란 문구가 뜻하는 어떤 대표성이 좋다. 나의 지적 허영이 담긴 실용적 액세서리를 알아봐 주는 사람은 여태 없었다. 가벼운 화젯거리가 된 적도 없다. 그러나 내가 좋아하는 것을 꾸준히 하는 삶에 대한 표식이라 자주 들고 다닌다. 가끔 누군가 읽고 있는 책보다 그 책을 담고 있는 가방이 더 궁금할 때가 있다. 당신은 어떤 유형의 지적인 사람인가요? 전혀 모르는 상대가 궁금해지는 순간은 그 사람이 읽고 있는 책과 천 가방에 적힌 타이틀이 관심을 끌 때다.

책갈피의 다양성

어디까지 읽었더라, 귀퉁이가 구깃구깃해진 책갈피가 여기까지라고 알려 준다. 책을 펼치면 지난해 크리스마스 무렵 관람했던 발레 〈호두까기 인형〉의 티켓이, 윤보선 고택에서 열린 실내악 콘서트가 등장한다. 이 티켓은 잘 간직하고 있으면 내년도 공연을 할인해 준다고 했던가? 소중하게 보관해야 할 텐데 이미 책갈피가 되었다. 더러 국립현대미술관의 미술 책방에서 계산한 영수증이 끼워져 있기도 하다. 급할 때는 책의 띠지나 날개, 이 모두가 없을 때는 명함을 꺼내 사용하기도 한다.

내가 사용해 봤던 가장 이상한 책갈피는 겨울에 책을 읽다 급한 김에 장갑을 끼워둔 것이었다. 크고 두꺼운 책 사이에 얇은 책을 넣어 책갈피로 쓴 적도 있다. 가끔 예전에 읽다 말았던 미술사 책을 펼치면 오래전 뉴욕에 갔을 때 휘트니 뮤지엄에서 받았던 북마크가 정확히 책 밖으로 튀어나온 부분만 햇빛에 바란 채로 등장하기도 한다. 여행의 기억이 떠오르고 나만 아는 추억에 미소를 짓는다. 뉴욕 지하철의 얇은 메트로 카드 역시 훌륭한 책갈피였다. 그러고 보면 어릴 적엔 책 페이지 사이로 꽃이나 단풍잎을 말리기도 했고 종종 비상금까지 넣어 두어서 잊고 있던 돈을 발견하면 금액과 상관없이 마치 로또 맞은 것처럼 흥분하기도 했었는데.

그 모든 책갈피의 역사에서도 지금까지 가장 좋아하는 책갈피는 단연 티켓이다. 책상 서랍을 열면 한구석에는 전시회, 공연 티켓 몇 장이 겹쳐 놓여 있다. 낡거나 찢어지면 버리고 새로운 티켓이 생기면 채운다. 가끔 티켓 그 자체가 나를 다른 곳으로 데려가기도 한다. 그곳에 적힌 추억과 마주하면 바쁘게 굴러가던 눈이 멈춘다. 책의 내용을 따라잡기 어려울 때 잠시 독서를 멈추고 책갈피가 소환하는 기억을 더듬으며 숨을 고른다. 책에는 새로운 세계가 적혀 있다. 책갈피는 그 세계를 잠시 멈추거나 다시 안내하는 가이드 역할을 하지만, 때로는 작은 거인 같은 기억의 집합소로 다가온다.

뉴스레터는 새로운 구몬

어릴 때 일일 학습지 서비스가 유행이었다. 방문 교사가 찾아와 학습 점검도 해 주는 학습지. 그랬던 학습지가 아직까지 사랑받는 클래식으로 남아 어른이 되어서도 외국어 공부를 위해 학습지를 하는 사람들이 많다고 한다. 나는 해 보지 않았기 때문에 그 서비스에 대해서 왈가왈부할 수 없지만, 내가 기억하는 단 하나는 어릴 때(다른 브랜드였다) 매일 밀려 산더미처럼 쌓여 있던 일일 학습지다. 엄마에게 발각되기 전에 어딘가에서 소각시키는 상상을 자주 했던 강렬한 기억. 재미없었고, 따분한 짐 같았다.

콘텐츠 범람의 시대, 내가 구독한 뉴스레터는 우편함에 도착하던 학습지처럼 메일함을 채운다. 유형은 크게 두 가지로, 정보성 콘텐츠를 담고 있는 공부용 뉴스레터와 브랜드의 신상품이나 프로모션이 담긴 뉴스레터다. 전자는 말 그대로 정보용, 후자는 업무 참조용이다. 나는 재테크(순살 브리핑), 영어 공부(모닝 브루, 테크 브루), Z세대 트렌드를 이해하기 위해 캐롯과 같은 마케팅 관련 주제의 뉴스레터를 받아보고 있다. 내가 마흔에 접어들어도 십 대들이 자주 쓰는 말을 어렴풋이 이해할 수 있는 이유이기도 하다. 구독형 콘텐츠 유행으로 뉴스레터 종류가 워낙 방대하다 보니 무턱대고 구독하다 보면 봉투도 뜯지 않은 일일 학습지처럼 메일함에 쌓인다. 부담스러운 뉴스레터 무더기를 한 번에 모아 삭제하는 일도 비일비재해진다. 이를 방지하기 위해 두어 번 받아보다가 나와 결이 맞지 않으면 수시로 수신 거부를 한다. 참으로 쉽게 구독하고 쉽게 취소한다. 영화부터 샐러드까지 무엇이든 구독을 운운하는 유행이 한없이 가볍게 느껴지지만, 시류를 거스를 순 없다.

곧잘 열어 보는 유용한 뉴스레터만 골라서 소수만 구독하고, 신문을 볼 때처럼 타이틀 중심으로 훑어본 다음 주요 정보만 가져와 업무용 구글 드라이브의 독스(docs)에 저장한다. 꼼꼼하게 읽을 시간은 없다. 가끔은 이토록 많은 정보를 매일 처리하며 사는 자체가 엄청 피곤한 일이라 생각한다. 나의 직장인 DNA와 기본적으로 정보 수집을 좋아하는 성향이 만나 늘 짤막한 보고서가 만들어지는 데 사용되는 정보는 그

중 10%도 되지 않는 듯하다. 그럼에도 정보 수집을 멈출 수 없는 이유는 그 10% 때문이다. 무료로 제공하는 콘텐츠를 위해 제작자가 얼마나 많은 시간과 공을 들였을지를 포함해 핵심만 잘 간추린 뉴스레터는 정말 고마운 자료다. 다행히 광고 콘텐츠가 발행자의 수익 모델이니 열심히 열람하는 것이 은혜에 보답할 길이다.

6장

처음부터 잘하는 사람은 없다

옛날 옛적 샐러던트라는 말이 유행했었다. 샐러리맨과 스튜던트의 합성어로 일하며 공부하는 라이프 스타일을 뜻한다. 출근 전 영어 학원에 가고 회사에서 종일 일하고도 저녁에 운동을 하며 자격증 공부를 하고, 주말에 책상에 앉아 있는 사람이다. 요즘 말로 '갓생'과도 비슷해 보인다. 나도 그런 사람이고 싶었다. 십여 년 전 새벽 학원도 등록해 봤고 주말 학원도 다녀 봤지만 결국 학원비만 기부하고 끝났다. 과하게 열심히 살고 싶어도 마음만큼 체력과 의지가 받쳐주지 않았으니… 그런 시행착오를 거친 후에야 끈기를 기르고 습관도 만들면서 무엇보다 조급증이 사라진 채로 하고 싶은 공부를 한다.

지루함을 견디는 힘

"오늘 퇴사합니다."

인수인계 관련은 어떻고요, 저렇게 하면 되고요… 퇴사 뒤의 말은 흥미롭게 들리지 않는다. 회사 동료 A가 내뿜는 새 출발의 신선한 기운에 매료될 뿐이다. 결혼 후 해외로 이주하는 그녀의 표정이 참 밝다. 나는 그대로인데 주변 사람들이 변한다. 반짝이는 눈빛, 또는 지친 표정으로 사무실을 떠나는 사람들을 보면 어떤 의미로든 내 삶만 멈춰 있는 듯싶다. 자극, 변화를 사랑하는 뇌의 푸념을 뒤로 한 채 나도 꽤 도파민 중독이구나, 자기반성의 시간을 가진다. 이미 눈치챘겠지만 나는 여러 분야에 끊임없이 관심을 두고 있다. 도파민은 의욕과 흥미의 호르몬으로 부족하면 우울증에 걸린다고 한다. 내성이 있어 같은 일을 반복해 예전과 똑같은 즐거움을 얻으려면 더 많은 도파민이 필요하다는데, 그래서 어떤 일에 익숙해지면 재미도 사라지나 보다.

나는 직장을 자주 바꿨고, 새로운 프로젝트에 수시로 도전하며 살았지만 그리 대단한 성과를 거두진 못했다. 그러나 곰곰이 생각해 보면 그 와중에 가장 길게 매진했던 일에서만큼은 늘 결과를 내왔다. 가끔 회사에 어떤 능력이 있는지 잘 모르겠는데 리더의 자리에 앉아 있는 경우를 본다. 어떻게 저 자리까지 올라갔나 궁금해지기도 한다. 얼마 지나지 않아 그가 오랫동안 한 조직에서 일한 충성스러운, 혹은 자리를 꾸준히 지킨 사람임을 알게 되어 수긍한다. 어쩌면 그는 치열하게 경쟁할 필요가 없었을지도.

사람들은 수시로 회사를 떠난다. 비슷한 실력이라면 그 자리에서 버틴 자가 이긴다. 떠난 사람이 더 잘 되었는지 알 길은 없지만, 특정 회사라는 작은 프레임 안에서만 봤을 때는 승자로 보인다. 옛날에 대단한 인기를 끌었던 히트곡의 보유자, 그러나 지금은 잊힌 가수를 찾는 〈슈가맨〉이라는 예능을 보면 출연자가 더 이상 가수 활동을 하지 않으니 가수라 이름 붙이기에 어색할 때가 있다. 과거의 영광이 있어도 지금 활동하지 않으면 자리는 희미해진다. 굳건히 자기 자리를 지켜내는 사람이 얼마나 대단한가.

이제까지 지루함이 내게 가장 큰 문제였다. 일뿐 아니라 공부 역시 자신이 흡족할 만한 결과를 내고 다음을 향해 나아간다면 인정. 그전에 그냥 지겨워서 떠난다면 곤란한 법인데 나는 늘 후자였던 듯하다. 드라마 〈이상한 변호사 우영우〉에서 자폐 스펙트럼을 가진 변호사 우영우는 아버지에게 다른 자폐인과의 대화법을 묻는다. 아버지는 "성적 잘 받으려면 공부해, 살 빼려면 운동해, 대화하려면 노력해. 원래 방법은 뻔해. 해내는 게 어렵지"라고 답한다. 내가 아는 방법은 눈이 오나 비가 오나 계속하는 것이고, 이건 정말 어려운 일이다. 직장인이 가진 한정된 시간과 피곤한 몸을 핑계로 오늘도 나의 작은 관심에 신경 끌 이유는 한가득이니까.

"도파민의 공백인 지루함은 진짜 즐거움을 발견하기 위해 필요한 여백"•이라는 말을 여러 번 곱씹는다. 자극 없는 시간을 성실히 살아 내는 자체가 어느 순간 큰 즐거움으로 돌아올 수 있다는 희망인 셈이다. 근사하게 말하면 과정을 즐긴다는 뜻인데, 나는 요즘 들어 매사 의식적으로 굴 필요는 없다고 생각하는 주의라 과정에서 굳이 행복을 찾으려 들지 않고, 결

• 매거진 〈바자〉에 실린 심리학자 장근영 박사의 "당신도 혹시 도파민 중독?"이란 칼럼에 등장한 문장이다.

과에 연연하지도 않는 편이다. 사람은 나이 들수록 차분한 물의 성질로 변한다고 한다. 나이로 얻은 마음의 변화인지 묵묵히 내 자리를 지키며 반복하는 하루가 그리 나쁘지 않다.

몸이 먼저 움직일 때까지

시간표에 적어 둔 모든 작은 공부를 '클리어'하는 날이 드물지만 있다. 해낸 과목과 범위를 문서에 체크하고 나면 엄청난 뿌듯함이 밀려온다. 리스트의 존재는 지우는 재미다. 같은 자극이 반복되면 도파민 분비가 감소한다지만, 도파민은 보상이 주어질 때 또 샘솟는다. 적절한 보상-그저 목록을 완수하고 선 긋는 행동일지라도-이 주어지면 계속할 동력을 얻는다. 어떤 분야든 오래 버티고 해내는 사람들의 특징은 무엇일까 생각해 봤다. 할 줄 아는 게 이것밖에 없다는 뚝심으로 외길을 걷는 자가 있고, 그렇지 않다면 자신에게 주는 보상에 능한 건 아닐까. 흔히 '이번 일을 해치우고' 나면 갖고 싶은 물건을 살 거야, 여행을 떠날 거야 같은 동기 부여를 위한 설렘을 만드는 경우가 많다. 내 경우 이제는 일이나 공부를 마치고 침대에 누워 쉬는 것으로 족하기도 하다. 두뇌의 전원 버튼을 내리고 멍하니 있을 때 보상이라 여긴다.

나는 참 많이 변했다. 내게 성격 많이 좋아졌다는 말을 던지는 가족의 눈이 가장 정확할 것이다. 예민하고 불안해하며 전전긍긍하던 내가 기본값이었는데 스스로 느끼기에도 요즘의 나는 대체로 안정적이고 편안하다. 실체 없는 고민은 없고, 나에겐 늘 할 일이 있다. 노자는 "기분이 우울하면 과거에 사는 것이고, 마음이 불안하면 미래에 사는 것이며, 마음이 평화롭다면 지금 이 순간에 사는 것"이라고 말했다. 현재의 감정적 안정감은 과거의 내가 준 선물이다. 서른 내내 차지한 걱정은 경제적 기반 없이 나이 든다는 두려움이었고, 미니멀 라이프는 내게 확실한 솔루션이었다. 그때의 실천으로 나는 나를 바꿀 수 있다는 확신을 얻었다. 습관을 바꾸자 생각이 바뀌었고 '이게 되네?'라는 자기 확신이 또 다른 변화를 불러왔다. 이제까지 머릿속으로만 맴돌던, 하고 싶은 모든 공부를 조금씩 시작해 봐도 좋을 여유. 과목별 희망 사항에 가까운 작은 목표를 세우고, 하루에 5분이든 50분이든 학습 시간을 가진다. 솔직히 공부가 나를 어떻게 바꿔 가는지는 잘 모르겠지만, 확실한 하나는 공부하는 내가 좋다는 점이다. 공부 습관을 들이기 위해 공부를 마치고 체크하는 과정이 도움이 되었는데, 3개월간 들쑥날쑥 공부가 반년이 되고 일 년이 넘어가면 체크 없이도 그 시간이 되면 손이 공부할 거리를 펼쳤다. 머리를 거치지 않고 몸이 자동으로 움직이면 도파민과 씨름할 필요가 없다.

내 책상 위에는 노트 정리를 기다리고 있는 책과 자료 두 꾸러미가 있다. 하나는 업무용 공부, 하나는 예술과 같은 교양 과목으로 두 가지 분야의 책을 교차로 읽고 정리한다. 체력 키우기에 열심인 요즘은 운동하는 내가 당연해서 요가복과 등산복을 서랍 한편에 보기 좋게 모아 두었다. 요가 매트와 블록이 정리된 선반도 마찬가지로 운동이 내게 중요한 일과임을 상기시킨다. 차를 제대로 우려 마실 수 있는 다구는 우아한 휴식의 시간을 의미하고. 이렇게 주변 환경을 조성해 집중하고 즐기는 일을 이어 간다.

내가 습관을 만들 때 가장 중요하게 여기는 부분은 따로 있다. 바로 저자극 생활. 나는 소셜미디어를 꽤나 즐기는 사람이지만 최근에는 자주 접속하지 않는데, 일종의 디지털 디톡스다. 규칙적인 생활을 위해 주의력을 빼앗기는 소셜미디어에 접속하는 시간을 줄이거나 특정 시간에만 확인하면 고자

극을 갈망하는 마음이 줄어든다. 소셜미디어의 타임라인은 카지노의 슬롯머신처럼 위에서 아래로 손가락을 끌어내리면 새로운 피드가 등장한다. 이것이 바로 사람을 중독시키는 메커니즘이라고 들었다. 요즘 나는 현실에서 할 줄 아는 게 많고 현생이 재미나니 점점 가상의 세계와 멀어진다. 습관 만들기는 의지만으로 되지 않고 목록 지우기처럼 일관된 보상 만들기, 시선이 닿는 곳에 관심사를 적절히 배치하는 환경, 저자극의 규칙적인 생활이 받쳐 줘야 한다. 오래 걷지도 못하는 사람이 뛰려고 하면 5분도 안 되어 심장과 관절에 무리가 오는 것처럼, 습관 만들기도 준비 운동이 필요한 법이다.

집요함 다음에 오는 것

나는 장래 희망 칸에 무얼 적어야 하나 진지하게 고민했던 열 살 무렵부터 삼십여 년이 흐른 지금, 나에게 이렇다 할 천재적인 재능이 없음을 받아들였다. 그 후로 어떤 일에서든 무식하게 반복하는 것을 목표로 삼았다. 구체적인 목표라기보다는 그냥 하다 보면 언젠가는 될지도 모르지, 하는 바람에 가까웠다. 체계적으로 훈련한 경험과 단계별로 얻는 성취를 알지 못해서 더 그럴지도 모르지만, 나는 그냥 한다. '끈기가 없었던 게 나의 가장 큰 과거 문제'라는 결론으로 죽이 되든 밥이 되든 일단 계속해 보는 중이다. 그다지 절실한 게 없다 보니 더 가능하다. '이게 아니면 안 돼'가 아니라 '이것도 해 보고 저것도 해 보다가 되든 말든 상관없으니까'의 마음에 가까워서 아무 부담이 없다. 그리고 그건 나에게 꽤 효과 좋은 접근이 되었다.

먼저 싫어했던 과목도 별생각 없이 반복한다. 그동안 운동은 소질도 없고 억지로 하고 나면 마음만 괴롭지, 체력은 바닥나서 무조건 피하고 싶었다. 영어는 아무리 해도 늘지 않는 것 같아서, 라는 핑계로 그냥 하기 싫었다. 자산 관리는 머리 아파서 알고 싶지 않았고. 이렇게 관심이 없거나 해야 하는데 하기 싫었던 분야의 여러 가지 루틴을 만들어 끊임없이 하다 말다 반복하면서 내가 계속할 수 있는 방향을 찾은 게 시작이었다. '역시 난 안 돼' 그러다 '아니, 돼!' 오기가 치솟으면 무리해서 하나의 일에 몰입하면서 말이다.

퇴근 후 매일 요가 스튜디오에 아무 생각 없이 그러나 반드시 가야 한다는 의지를 담은 발걸음을 옮겼고, 지하철을 타려 거리를 걸을 때나 백색소음이 필요할 때 늘 똑같은 영어 팟캐스트를 들었다. 어느 날 오기 또는 무의식의 저녁 운동을 마치고 집에 돌아올 때 습관성으로 'AI가 쇼핑 플랫폼에 미치는 영향'이란 경영 분야의 영어 팟캐스트를 수십 번째 또 듣던 중이었다. 나도 모르게 화자가 말하는 대로 흉내 내며 문장을 소리 내어 따라 하며 집으로 돌아왔다. 조금 당황했다. 마치 말 배우는 어린아이처럼 조금씩 들리는 단어가 많아지자 말문까지 트이다니. 이건 마치 영화 〈노다메 칸타빌레 파리 편〉에서 프랑스어를 배우겠다고 좋아하는 애니메이션을 무한 반복으로 보던 노다메의 광기에 준하는 모습 같지 않은가. 물방울이 하나씩 컵에 떨어지면 처음에는 작아 보이지만 시간이 흐르고 흐르면 컵에 물이 가득 차 넘칠 때가 온다. 아마 그런 것과 동일한 원리 아닐까?

가끔 학생 때 이만큼의 집요함과 집중력을 보였다면 좋았을 텐데 하는, 할 필요도 없는 후회가 스친다. 냉정하게 따져보면 병아리 시절에는 세상 모든 게 새롭고 재미있는 것투성이인데 어린 내가 뇌에 어떤 강렬한 자극을 받기까지 시간이 오래 걸리는 공부에 순수한 흥미를 보였을 리 없었다. 상황은 변하고 세월은 흐르며 사람도 늘 똑같지 않다. 지금의 나는 단발성 자극이 오히려 시시하고, 더 깊고 많은 인내심이 필요한 일을 해냈을 때 얻는 성취감이 크다. 어른이 될수록 인내심이 커지므로 이제 준비가 된 건지도 모른다. 남산에 위치한 전시공간인 '피크닉'에서 전시를 가진 뉴욕의 포토그래퍼 사울 레이터는 1953년 MoMA(뉴욕현대미술관)에서 몇 점의 사진으로 전시를 가졌으나 내내 주목받지 못하다가 그 후 60년이 지나서야 세상에 알려졌다. 아주 뒤늦게 세상에 발견된 셈이다. 어떤 꽃이 언제 어느 날 피어날지는 아무도 모른다. 물론 평생, 죽어서도 알려지지 않는 사람은 더 많을 터다. 그런 거창한 선물을 받을 수도, 받지 못할 수도 있는 게 삶이다. 그래도 늘 컴포트 존 안에서만 머물며 하기 싫은 일은 절대 하지 않고 당장 입에 달달한 것만 삼키며 사는 것보다 쓴맛일지언정 한 번, 아니 최소 열 번 정도 해 보는 쪽에 관심이 간다.

나는 겉으로는 씩씩하고 야무지게 사는 것처럼 보이기도 했지만 새로 하는 일은 낯설면서 동시에 버겁고, 그동안 잘해왔다고 여겼던 일에서 마저 능력 부족을 느끼곤 했다. 잘하는 것 하나 없고, 되는 일도 없다고. 실패란 무수한 실행을 했다는 증거이기도 했지만, 늘 깨지기만 하면서 웃을 수 있는 여유란 실상 없었다. 무식할 만큼 계속하다가 갑작스레 찾아오는 변화가 나를 즐겁게 만든다. 소질과 능력은 1g도 찾아볼 수 없는 분야일지라도. 어느 날 몸을 구부려 스트레칭할 때 이마와 무릎이 닿고, 일어서서 무릎을 쫙 편 상태로 허리를 구부려도 손바닥이 요가 매트 바닥에 닿는 일이 일어난다. 오랫동안 하지 못했던 자세가 일주일간 하루에 두 번 요가를 할 만큼 깊게 몰입했던 시간을 보내자 할 수 있는 일이 된다. 뻣뻣한 몸도 자꾸 움직이며 자극을 주면 유연해지는데 머리라고 다를 건 없다. 첫 시작은 겁먹지 않을 정도로 예열하는 수준으로 늘 약하게, 익숙해지면 중간 세기 정도로 레벨 업, 또 계속 그 수준을 달리다가 한 번 매운맛을 강하게 보고 나면, 그러니까 고강도로 해내고 나면 자극에 무뎌지다가 갑자기 벼락 맞은 것처럼 깨닫거나 할 수 있게 되는 경험을 한다.

끈기를 배워 나가고자 했던 각오 뒤에 내게 생긴 약간의 변화가 즐겁다. 참 신기하게도 자칫 거만을 떨다 보면 갑자기 '아니, 다시 안 되잖아?' 할 때가 있다. 삶과 어쩜 이리도 닮았을까. 꾸준히 행복하지도 불행하지도 않다. 일이 잘 풀리다가 배배 꼬이다가 다시 술술 풀리다가 좌절, 희망, 기쁨, 다시 고통 이런 온갖 리듬이 마치 악보처럼 펼쳐지고 나는 그 리듬에 맞춰 삶을 살아간다. 변화가 계속되고, 자극이 주어지고, 해결해야 할 문제가 눈앞에 있고. 자칫 삐끗하면 고통스러운 판단을 할지도 모르나 대부분 주제넘은 욕심이 없고 건전한 분야에서만 오기를 불태우는 관계로, 회복 가능한 수준의 좌절과 감당할 만큼의 순한 자극적인 삶을 이어 나가고 있다.

자신만의 탑을 쌓아 간다

"여러분이 성공을 한다면 그게 언제일까요?"

귀가 솔깃한 질문을 던지던 물리학자 앨버트 라슬로 바라바시의 테드(TED) 강연 〈나이와 성공 가능성의 실제 관계〉를 보고 있는 일요일 오후다. 테드에는 늘 자신감 넘치는 사람들이 나와서 많은 청중 앞에서도 떨지 않고 짧은 시간 동안 핵심 메시지를 던지고 무대를 떠난다. 확실한 자기 자리가 있는 사람들의 확신에 찬 목소리를 들으면 나를 감싸는 어떤 좌절감이 사라지고, '나도 할 수 있어요, 선생님?' 이런 눈빛으로 쳐다보게 된다.

강연이 이어진다. 천재를 포함한 과학자를 대상으로 조사한 결과 그들이 가장 영향력 있는 논문을 발표하는 시기는 10~15년 이내 학계에서 연구한 기간이다. 그 후 침체기를 겪는데, 이유는 노력을 멈췄기 때문이라고 말한다. 창의성과 나이는 관계없으나 나이가 들수록 생산성이 떨어지게 된다고 한다. 우리가 나이 들어도 노력을 멈추지 않는다면 성공할 확률이 높아진다는 결론에 도달하기까지 나의 의문은 '왜 나이가 들면 젊은 나이에 했던 노력을 멈추는가?'였다. 그전에 노력이 뭔지를 정확히 해야 했다. 아침에 눈을 비비며 일어나 신문을 보고 통근 열차에 올라타 회사에 도착한 다음 컴퓨터를 켜는 순간이 이어지는 자체만으로는 성공과 가까워질 수 없다는 의미인가. 아니면 자리 보존도 감지덕지라 도전을 멀리해서? 내 주변 사람들은 먹고살기 위해 뭐든 시도하는 사람들 뿐이라 거리감 있는 가설이다. 끊임없이 이어지는 현실적 사고를 잠깐 멈추기로 한다.

모던 다빈치라 불리는 산업 디자이너가 있다. 바로 이탈리아의 알레산드로 멘디니인데 그는 기자에서 디자이너로 제2의 인생을 살았지만 이 두 가지 커리어는 형태만 다를 뿐 결은 동일했다. 알레산드로 멘디니는 건축을 공부했고, 〈도무스〉를 비롯 여러 건축 잡지 편집장으로 오래 일했다. 은퇴를 고려할 나이 58세에 건축, 상품 디자이너로 변신하는데 네덜란드 그로닝거 뮤지엄, 푸르스트 의자부터 친근하게는 배스킨라빈스 아이스크림의 핑크색 블록팩도 그의 디자인이다.

향년 87세를 일기로 마감할 때까지 현역으로 일한 그는 편집자이자 건축, 상품 디자인, 조명 브랜드 창시에 이르기까지 다분야에서 활약했다. 멘디니가 편집장을 역임한 잡지 〈도무스〉는 디자인 역사에서 중요한 인물인 지오 폰티가 1928년 창간했다. 지오 폰티는 건축가, 제품 디자이너, 실내 장식가, 출판자이자 작가였고, 조명 회사를 설립하기도 했다. 1930년대에 이미 "미래에는 예술적인 물건을 장인이 손수 만들지 않고 대량 생산할 것"이라고 내다보기도 한 인물이다. 이 둘에겐 많은 공통점이 있지만, 둘 다 87세까지 살았다는 점이 신기하다. 오래 살아야 많은 시도가 가능하다. 푹 빠진 분야가 있어 이를 여러 플랫폼에 적용할 줄 알아야 흥미를 잃지 않는다. 이건 내가 관찰한 모던 다빈치들이 노력을 멈추지 않는 비법이다.

어떤 대상과 계속 사랑에 빠지기 위해서는 변화가 필요하다. 특히 우선순위가 높을수록 그렇다. 20분 정도의 아침 식사는 늘 비슷하게 먹어도 크게 질리지 않지만 하루 8~9시간 때때로 잠들면서도 생각하는 일이 반복적이라면 상당히 지루하다. 창의적인 분야일수록 더욱더. 그러니 이 세상에는 내가 좋아하는 무언가를 표현할 수 있는 수없이 많은 도구가 있음을 알아야 한다. 많이 알수록 더 재미있는 실험이 가능할 테다. 특히 이제까지 관심을 두지 않았던 영역을 파헤치고 접목했을 때 느끼는 희열이 더해지면 더 흥미진진해질 것이다. 사실 작가로서 나는 원고를 종이나 전자 기기에 출력한다는 것 외에는 아는 바가 없다. 다만 내 콘텐츠로 클래스를 열거나 다른 방식으로 글을 쓰는 법도 있을 거다. 대표적으로 이슬아 작가가 〈일간 이슬아〉라는, 매일 메일로 글을 보내 주는 유료 구독 모델로 출판계에서 엄청난 화제를 얻었던 사례도 있다. 심지어 강연이 아닌 콘서트를 여는 작가라니. 이런 사람을 일컬어 천재라고 하는지도 모르겠다.

틀에 갇혀 살 때, 가끔 쓸데없이 삶이 길다고 생각했다. 늘 새로운 시도로 일상이 반짝거리는 타입은 아니라도 매일 배울 것들이 생기는 지금은 삶이 짧게 느껴진다. 87세까지 일한 이탈리아의 산업 디자이너나 70세에 예일대학교에서 강제로 은퇴당한 뒤 다른 연구실을 열어 72세에 논문을 발표하고 그 논문으로 15년 후 노벨화학상을 받은 존 버넷 펜처럼 길고 길게 살 수 있다면 대단한 각오 없이 좋아하는 것을 새로운 방식으로 접근하는 정도는 궁리해 보고 싶다. 성공이나 명예, 감투에 억지 부리지 않고 자연스럽게.

원하는 삶을 찾는 모험

나는 어릴 때부터 부단한 노력으로 자기 자리를 만든 사람의 서사를 좋아했다. 성공한 사람의 수기 같은 걸 곧잘 읽었는데, '나도 할 수 있어' 같은 용기는 둘째치고 다른 사람, 특히 잘나가는 사람은 어떤 기질을 가졌고, 매사 어떤 태도로 사는지 궁금했다. 최근에 읽은 책을 꼽자면 뉴욕주민의 《디 앤서》다. 월스트리트의 헤지펀드 매니저로서 이른 아침부터 늦은 밤까지 일 자체가 곧 삶인 하루가 대단하다고 감탄하며 읽었다. 어떻게 이렇게 열심히 살 수 있지? 그러나 나의 장단점을 파악하고 있고, 체력도 떨어진 지금으로선 전투적인 삶에 적극 이입하기보다 한 발자국 떨어져 바라보게 된다. 여기에서는 바쁜 와중에도 데이터 센터 관련 보고서를 온종일 들고 다니며 틈틈이 읽는 모습 정도를 배우고, 나머지는 조금은 느린 템포로 자신이 가진 것에 만족하며 사는 사람들의 이야기로 채워 넣는다. 어떤 삶을 살고 싶은지 가닥이 잡힌 시기라 가능한 시각이다.

국립중앙박물관에 붙어 있는 부속 도서관에서 유물 관련 도록을 살펴보던 날이었다. 책꽂이 사이 사이를 배회하다 조르조 바사리의 평전*을 발견했는데, 르네상스 시대를 알아갈수록 그의 이름이 여러 책에서 자주 튀어나오던 때였다.

조르조 바사리는 16세기 인물로 오늘날로 치면 예술 총감독이자 화가, 건축가, 르네상스를 의미하는 이탈리아어 리나시타(Rinàscita)를 최초로 명명한 미술사학자이기도 하다. 그는 아버지가 사망하자 고작 16세에 여섯 식구를 부양해야 했다. 가족을 위해 돈 버는 일이라면 어떤 일도 마다하지 않아 침대 천개에 하늘 그림을 그리고 장롱문의 장식화, 휘장, 상점의 간판 작업까지 맡았다. 조르조 바사리가 했던 잡다한 일은 그가 훗날 메디치가에서 일할 때 뭐든지 할 수 있게 만든 유익한 수련이 되었다고 한다. 돈을 벌기 위해 떠돌 듯 살았던 그는 여러 사람과 잘 어울려 지내는 성격으로 많은 기회를 얻었고, 일하는 중에도 라틴어나 그리스 로마 시대 고전을 배우는 등 지식과 교양을 쌓았다.

---

* 롤랑 르 몰레, 《조르조 바사리》, 임호경 옮김, 미메시스, 2006
  – 바사리의 인생 이야기는 평전에 수록된 내용 일부를 편집했다.

오랜만에 가진 게 별로 없어도 당연히 이렇게 열심히 살아야 한다고 속삭이는 진짜 옛날이야기가 흥미로웠다. 그처럼 개천에서 용이 나는 커다란 성공까지는 아니어도 무엇이든 해 보고, 열심히 배우는 태도는 어느 시대에나 통하는 잘 사는 삶을 위한 고전적 방법임은 확실하다. 그때나 지금이나 해봤는데도 안 되거나 알아도 못하는 이유는 저마다 다르지만.

이걸 해 볼까, 저걸 해 볼까. 나는 시대에 뒤처지지 않기 위해 귀를 쫑긋 세우고 글자가 눈에 하나도 들어오지 않는 날에도 무언가 읽는다. 그리고 누군가 상황에 개의치 않고 원하는 바를 이루어 가는 이야기에 여전히 눈이 간다. 책 속 주인공과 격차는 있지만 어떤 면에서는 내가 살아온 이야기이기도 하다. 볕이 잘 드는 노천 식당에 앉아 한가롭게 있는 정도로도 내 인생은 꽤 괜찮네, 라는 생각이 스미는 나의 이면에는 조용하지만 열심히 살아가는 내가 있다.

관심의 유효기간

고등학교 때 친구가 곧 마흔을 맞아 결혼한다고 청첩장을 건넸다. 오랜만에 받아 본 친구 결혼식 초대장은 아는 사람이 주인공 친구뿐인 낯선 곳에서 약 2시간을 보내야 한다는 뜻이었다. 쭈뼛거리며 부끄러워하기엔 그동안 혼자 보냈던 시간이 너무 길다. 대기실에서 신부와 사진을 찍고 나와 곳곳이 생화로 장식된 가장 예쁜 테이블에 자리를 잡고 얇은 클러치 백에서 작은 책 한 권을 꺼내 읽기 시작했다. 내겐 읽어야 하는 책이 늘 곁에 있고 어디에서든 책을 펼치면 마음이 한결 느긋해진다. 그렇게 있다가도 예배 형식으로 진행된 결혼식에서 나는 베토벤 합창을 각색한 축복의 노래를 따라 부르고, 소프라노의 축가를 들으며 한껏 축하하는 하객의 역할에 충실했다. 다시 집으로 돌아가는 지하철에서 또 책을 꺼내 읽다가 문득 그 친구와 처음 만났던 나이를 떠올려 보기도 했다. 고등학생인 내게 친구란 매우 중요한 존재였다. 쉬는 시간에 매점에 갈 때도 짝꿍이 필요했으니까. 이제는 함께할 누군가 곁에 있으면 더 좋은 정도다.

혼자 시간을 보낼 때 책이 없으면 주변을 관찰한다. 나무나 구름도 좋은 친구다. 일부러 봄에 벚나무의 아련함이 흩어지는 거리를 걷고, 여름에는 석조전에 가서 배롱나무가 선사하는 백일 간의 우아함을 즐긴다. 책도, 감상할 경치도 없을 때는 명상을 한다. 단전에 힘을 주고 옆구리를 부풀리며 호흡 명상을. 요가에서 배운 호흡법으로 어느 장소에서든 수련할 수 있다. 물론 내게도 핸드폰이 있긴 하지만, 작은 핸드폰을 구부정하게 들여다보는 시간은 줄이면 줄일수록 내 건강과 몸의 자세에 좋을 것 같아 자제한다. 이렇게 건강에 세심하게 신경 쓰는데도 '당신이 장수할 확률은?' 같은 테스트를 해 보면 늘 외롭다는 이유로 점수가 무자비하게 깎여 나간다. 인생의 동반자, 자녀가 없고, 친구도 많지 않은 내가 정서적 안정을 이루기 어렵다는 평가다. 틀린 말도 아니다. 친구는 매년 줄고, 부모님과도 일 년에 몇 번 보지 못한다. 직장 동료를 제일 자주 만나지만 일로 만난 사이는 어디까지나 일이다. 그렇다고 사교적인 성격도 아닌 내가 마음 기댈 곳이란 책뿐이다.

그런데 이제는 책만 읽지 않으려 한다. 그건 내게 조금 당연하면서 지겹기까지 한 탐구. 독서는 기본에 불과하고, 무생물 친구를 더 다양하게 사귀어 볼 참이다. 손을 쓰는 활동과 몸을 쓰는 시간을 늘리고 무엇보다 이제까지 전혀 관심 없었던 과목에 눈길을 주기로 한다. 수학이나 수학 같은 것. 나와 정반대의 성격과 취향을 가진 친구가 같은 관심사를 가진 친구보다 색다른 자극을 주듯이. 관심사 역시 예전에는 친했지만 더 이상 연락하지 않는 친구처럼 사라지고, 새로운 친구를 사귀듯 주기적으로 바뀐다. 더 이상 어떤 사람이 궁금하지 않고, 그토록 애정이 넘쳤던 어떤 분야에 관심이 가지 않을 때가 온다. 그렇다고 슬퍼하거나 노여워할 필요는 없었다. 지난날 함께 했던 추억과 알아가던 즐거움, 배움은 잊히지 않으니까. 하나의 인연이 끝나면 다음 인연이 찾아오는 게 세상의 이치고, 그럴 때마다 늘 몰랐던 세상이 열린다.

누구에게나 배울 점은 있다

기자들과 함께 점심을 먹으며 '좋은 인터뷰이는?'이라는 주제로 점심 토론이 이어지던 날이 있었다. "질문에 공감을 잘해 주는 사람, 일단 상대의 말을 긍정하는 거야. 그다음 자신의 이야기를 펼칠 때 좋았어", "빈약한 질문에도 풍성한 답변을 하는 사람이 고맙죠", "저는 우아한 반박형 인터뷰이도 만나 봤어요. 사근사근한 말투로 모든 질문에 나는 그렇게 생각하지 않는다고 말했다니까요". 왁자지껄하게 그동안의 인터뷰 경험을 털어놓던 사람들의 목소리 사이로 어떻게 질문하고 답변해야 제대로 된 이야기가 펼쳐지는 것인지 문득 궁금해졌다.

어떤 인물에게 인터뷰를 청하기 전, 사전 조사를 많이 해야 좋은 질문지를 만들 수 있다. 독자가 관심 가는 내용을 포함하여 상대에 대한 뚜렷한 관심 없이는 훌륭한 답변을 받기 어렵다는 의미인데, 이건 특정 인물뿐 아니라 일상에서 교류하는 모두에게 해당하는 말 같다. 관심, 또 관심. 상대에게 관심이 있어야 질문도 가능하고 경청도 하는 건데 나는 진심으로 타인에게 관심을 두고 있는 걸까. 솔직히 우리 엄마가 딸기를 싫어하는 지도 이제야 알만큼 무심한 사람인데… 남의 잣대로 나를 평가하고 때론 비슷한 일을 하는 사람에겐 경쟁의식으로 시기심이 나기도 했으며, 상처받기 싫어서 의도적으로 타인에게 관심을 기울이지 않을 때도 있었다.

그 모든 고민 끝에 나에게서 벗어나야 진정으로 자유로워진다는 생각이 스몄고, 그때부터 나는 자신에 대한 말을 아꼈다. 말하고 싶은 이야기도 없었고, 신경에 거슬리는 일이 생기면 빈 페이지에 키보드로 마구마구 글을 적었다 지우며 해소했다. 누군가와 나누기 유쾌하지 않은 대화는 나 또한 피로하므로 차라리 과묵해지는 편을 택했다. 그러다 보니 나는 더 이상 내가 흥미롭지 않다. 자신의 세계에 빠져 허우적거리던 때도 분명 있었지만 이제는 주변을 둘러보며, 타인의 관심사에 주목하는 쪽이 훨씬 흥미진진하다. 그건 누군가가 오랫동안 가꿔 온 세계를 단편적으로나마 흡수하는 형태이고, 자신만의 좁은 세계에서 빠져나올 수 있는 출구다. 비교 대상으로서의 타인이 아니라 세상에 속한 내가 관심을 가져야 할 대상으로서의 타인은 다르다.

건축에 조예가 깊은 친구에게 동시대에 주목할 10인의 건축가 이름을 알려 달라고 해서 그들의 기본 정보를 찾아보았다. 참고로 난 건축에 별다른 지식이나 큰 관심은 없으며 안도 다다오와 렘 콜하스, 국내에서는 김수근, 승효상, 민현준 건축가밖에 알지 못하는 수준이었다. 별다른 목적은 없었고, 친구의 관심사에 관심을 기울였을 뿐이다. 내가 이름난 건축가의 포트폴리오를 좀 더 들여다보고 나면 건축을 주제로 대화를 했을 때 더 풍성한 이야기가 오고 가지 않을까 하는 바람에서. 같이 주식 투자에 대해 이야기하는 분에게는 트레이딩의 세계를 안내받았다. 나는 우량주를 골라 장기간 가져가는 법 외에는 모르는 사람이었고 비전 있는 기업의 최신 소식을 공유하기 바빴다. 내가 그분의 투자 방식에 관심을 기울이고 노하우를 물어보고 역시 간략한 정보를 깊이 있게 공부하기 위한 몇 가지 키워드를 메모하는 쪽은 새로웠다.

내 곁에 있는 사람이 요즘 무엇에 관심이 있는지 궁금해하고 상대방의 키워드로 대화를 하면 정말 많이 배운다. 좋은 질문을 던지려면 충분한 배경지식이 필요하다. 내 곁에 있는 사람들의 관심사에 조금 더 뛰어들면 대화 역시 새롭고 즐거우며 특히 상대방과의 거리 역시 훅 좁아진다. 순수한 호기심을 내비치는 질문자에게 나를 포함해 누구나 자신이 배운 점, 조언을 열렬히 공유해 주곤 한다. 우리가 가진 지식 축적과 이를 널리 퍼트리고자 하는 본능은 아름다울 지경이다. 타인의 관심사로 이야기하는 법은 내가 만든 틀 안에서 고군분투하지 않고 사고를 확장시킨다.

다시, 느슨하게

풍요로운 봄날, 시골에는 이미 두릅이며 더덕이 자라 있을 터였다. 오랜만에 시골로 가는 차 안에서 오늘 일정을 정리하던 중에, '더덕 캐기' 이야기가 나왔다.

"그럼, 자연 관찰도 하는 거겠네? 식물을 그림으로도 그려 보고. 스케치북이랑 연필 가지고."

내가 말하자, 친오빠가 누가 요즘에 그림을 그리냐며, 다 사진으로 찍는다고 답했다. "아날로그 방식으로 하면 못 보던 게 보이잖아. 그리면서 잎사귀가 어떤 형태를 가졌는지 섬세하게 관찰할 수 있는데…"라는 내 말에, 오빠는 "그렇네, 우리 어릴 때는 그렇게 배웠지"라며 맞장구쳤다.

아날로그적 배움에 대해 말을 뱉다가 언행불일치로 생각이 뻗어나갔다. 과연 나는 그렇게 느리게 배우고 있는지? 그렇게 입만 살아 있는 내가 그림을 그리며 섬세한 관찰을 하느냐? 아니다. 나는 쫓기듯 여러 공부를 하려고 했을 뿐이다. 나에겐 엄청난 양의 인풋만이 세상의 전부처럼 느껴졌다. 새로운 읽을거리를 탐하며 새로운 자극, 또 자극… 문장을 씹어 먹듯 읽고, 해석할 줄 모르고, 느리고 섬세하게 깊이 감상하는 법도 모른다. 권위자가 던져 주는 자료를 냉큼 받아먹고 내 생각인 양 착각하기도 다반사다.

너무나도 많은 지적 탐구가 있는 세상은 느린 학습을 초조하게 만든다. 다음 날 일어나 보면 세상이 바뀌어 있어 어제 배운 것을 소화시킬 새도 없었으니까. 어느 날 성수 토박이와 성수 일대를 걷다가 어떤 카페나 가게도 10년 가기 어렵다며, 변하기 전의 모습과 그때의 추억을 회상하며 아쉬워했다. 나 역시 지금은 없어진 그 카페에서 마리아주 프레르 프렌치 블루 얼그레이를 마시고, 너무 맛있어서 집에 돌아와 해외 직구로 주문했던 기억이 있었다. 공업사 건물 사이로 들어서는 명품 브랜드 부티크처럼, 심지어 그렇게 멋지게 지어 놓은 건물이 고작 6개월짜리 팝업 스토어임에 혀를 내둘렀을 때. 지나치게 빠르게 변하고 하나에 오래 집중하지 못하는 세태-순식간에 새로운 자극을 찾아 나서는 분위기-에 휩쓸리는 인파 속에 나도 있다는 사실을 소셜 미디어 타임라인을 손가락으로 쓱쓱 올려 보며 깨닫는다. 3초 전에 봤던 콘텐츠가 기억나지 않는다. 속설로 굳어진 '금붕어 3초 기억력'처럼 될까 봐 두려워지던 날. 그러고 보면 급할 게 없다. 이 시대의 총아 테크 분야에서 일하는 사람은 아니고, 주식 시장에서 사는 트레이더도 아니다. 그저 인문학적 소양을 쌓는 게 삶의 낙이요, 차의 시간을 보내고 매일 쓰는 사람에 불과할 뿐이다. 뭐가 그렇게 급해서 실시간으로 살아야지 안달했을까 싶어졌다.

세상에는 욕심 보존의 법칙이 있는지도 모르겠다. 물욕이 식은 자리에 지식욕이 채워진 후 하나라도 더 많이 알고자 했다. 알고자 하는 욕구에 심취가 아닌 집착하며, 나의 무료한 삶과 평범한 일상의 자극제로 삼았다. 이를 통해 무얼 이루고 싶은지, 무엇을 원하는지 알지 못한다. 여전히 몰라도 괜찮다고 생각한다. 공부로 반드시 이루고 싶은 목적지를 설정하고 이루지 못해서 좌절, 이런 마음이 내겐 더 슬프다. 반대로 목표에 도달해 '내 인생의 성취'라며 자찬할 수 있을지도 모르고. 단 한 가지 확실한 점은 '지적 세계에서 부유하다 어딘가로 도착하겠지, 계속 부유해도 괜찮고'라는 느슨한 마음이다.

민들레 홀씨 휘날리는 봄날 천천히, 가볍게, 조용하게 시골의 한 귀퉁이에서 지구를 사랑하는 사람들의 인터뷰 모음집을 읽는다. 사유의 시간, 나의 우주를 만들어 가는 신비로운 영역이자 나만 아는 비밀이 생긴다.

〈나오며〉

서점에서 음악 감상을

쇼팽 왈츠 3번은 다른 쇼팽의 곡에 비하면 기초 단계다. 어렵지 않게 칠 수 있는 그 곡이 관악기로 편성되어 서점에 흘러나왔다. 익숙한 음이 귀를 사로잡았고, 이어서 가브리엘 포레의 시실리안느가 나오자 나는 책을 뒤적이던 손길을 멈추고 온전히 음악에 집중했다. 이렇게 좋아하는 곡들이 연이어 나올 수 있는 건가. 신기한 우연이었다. 어떤 사실, 견해, 주장을 알아가다 보면 이제까지 보이지 않았던, 들리지 않았던, 말하지 않았던 것들이 선명하게 다가올 때가 있다. 소소하게는 배경음악이 그랬고, 대단하게는 세상의 빛과 그늘을 알게 되고 나도 모르게 받아왔던 그간의 상처를 스스로 용서하고 치유하는 단계에 이르기도 한다. 내가 걷고 싶은 길이 보이는 기적이 일어나기도 하고.

한 분야에 푹 빠지면 엄청난 집중력과 집착이 생긴다. 나 역시 그런 상태를 십 대 시절 딱 한 번 경험해 보았다. 당시 나는 패션 분야에 대한 환상이 컸는데, 홀로 패션의 역사와 디자이너 그리고 브랜드에 대해 공부했다. 당시 쉽게 볼 수 없던 해외 패션쇼는 오직 유료 케이블 TV에서만 방송되었고, 우리 집에서는 볼 수 없었다. 친구에게 부탁해 비디오테이프에 녹화하여 집에서 눈물을 흘리며 보았던 기억이 있다. 존 갈리아노가 디자인했던 크리스찬 디올(당시 브랜드명은 이랬다)의 오트쿠튀르 쇼였는데, 한 편의 예술 작품이 모델의 몸을 빌려 걸어 다녔다. 그때 나는 이 정도의 광기라면 패션계에서 뭐라도 될 줄 알았지만, 결과적으로는 자료 수집과 해석에 능한 재능만 키웠다. 이를 밑천 삼아 인생 중반까지 살아왔으니 참 고마운 일이지만.

앞으로 살아갈 세월에는 십 대 시절만큼의 박력을 기대하기 어렵다. 무언가에 푹 빠진다는 낭만 자체가 버겁고 열정 자체도 밋밋해져 버렸다. 마음의 복잡함을 걷어낸 지금, 회사-집-요가원-등산-도서관-박물관을 오고 가는 편안한 안정감이 있다. 이제 이쪽이 더 좋아졌을 뿐이다. 여기에 관심 가는 모든 지식에 빠져 보기를 주저하지 않는다는 점도 즐겁다. 볕이 나는 자리에 앉아 듣는 음악, 홀로 밥을 먹으며 넘기는 책장, 그저 멍하니 차의 시간 속에 명상할 때도 어제보다 오늘 조금 더 버티는 요가 자세, 출근길 틈틈이 읽는 경제 신문, 일을 잘 하고자 하는 욕심으로 휴일에 공부할 때도 있다. 열 번 이상 시도해야 좋아질 수도 있음을 잊지 않고 배우고자 하는 곳에 시간을 내어 찾아가고, 관심이 가면 미루지 않고 관련 책 하나라도 읽어 본다. 욕심껏 가방에 욱여넣은 세 권의 책이 나를 힘들게 할지라도 이 모든 시도가 살아 있다는 증거다. 빠르게 변하는 세상을 좇기에 무력해도 괜찮고, 곧잘 떠나기보다 머무는 쪽이 되어 인내심이 뭔지를 내게 보여 주는 것도. 딱히 우월한 게 없으니 겸손한 척할 필요도 없고 그저 나의 모든 지적 호기심이 사는 재미를 위한 우아한 교양이길 바란다.

바라건대 이 글이 늘 가던 길이 아닌 새로운 길로 가 보기를 주저하지 않고, 가방에 든 책 한 권이 설렘처럼 여겨지거나 세상의 모든 일을 다양한 각도에서 관찰하고 생각할 힘을 기르는 독자와 함께 걸었으면 좋겠다. 자신의 삶을 성실하고 충실히 살아가는 담담한 열정을 지닌 사람에게서 받는 기운이 너무나도 좋으니까. 나도 그런 사람이 되고 싶다는 바람을 가진 채 내게 남은 삶을 채워 가는 중이다.

신미경

마흔부터 지적이고 우아하게

초판 1쇄 발행 2022년 10월 26일
초판 2쇄 발행 2022년 11월 16일

지은이·신미경
펴낸이·박영미
펴낸곳·포르체

편 집·임혜원
마케팅·고유림, 손진경

출판신고·2020년 7월 20일 제2020-000103호
전화·02-6083-0128 | 팩스·02-6008-0126 | 이메일·porchetogo@gmail.com
포스트·https://m.post.naver.com/porche_book
인스타그램·www.instagram.com/porche_book

ISBN 979-11-92730-01-1(03810)

• 이 책의 국립중앙도서관 출판시도서목록은 서지정보유통지원시스템 홈페이지(http://seoji.nl.go.kr)와 국가자료공동목록시스템(http://www.nl.go.kr/kolisnet)에서 이용하실 수 있습니다.
• 잘못된 책은 구입하신 서점에서 바꿔드립니다.
• 책값은 뒤표지에 있습니다.